KB078707

GOD
OF
SOLDIER

임영기 장편소설
FUSION FANTASTIC STORY
갓오브솔저

갓오브솔저 8
임영기 장편소설

초판 1쇄 찍은 날 § 2017년 7월 25일
초판 1쇄 펴낸 날 § 2017년 8월 1일

지은이 § 임영기
펴낸이 § 서경석

편집책임 § 이지연

펴낸곳 § 도서출판 청어람
등록번호 § 제387-1999-000006호
등록일자 § 1999. 5. 31
어람번호 § 제1-2737호

주소 § 경기도 부천시 부일로 483번길 40 서경B/D 3F (우) 14640
전화 § 032-656-4452 팩스 § 032-656-4453
http://www.chungeoram.com
E-mail § chungeorambook@daum.net

ISBN 979-11-04-91406-5 04810
ISBN 979-11-04-91179-8 (세트)

[완결] 8

임영기 장편소설

FUSION FANTASTIC STORY

GOD
갓오브솔저
SOLDIER

청어람
도서출판

Contents

제40장
Go to hell

마침내 대한민국은 전쟁에 돌입했다.

지금까지 마계와 요계는 전 세계 주요 국가의 주요 도시들에 은밀하게 거점을 마련하고 암중에서만 암약했었다.

그랬던 마계와 요계가 한 나라에 대해서 전면 전쟁을 일으킨 것은 대한민국이 처음이다.

처음에 사람들은 북한이 남침하여 전쟁을 일으킨 것으로 오해를 했었다.

그 정도로 일반인들은 마계나 요계에 대해서 전혀 아는 바가 없었다.

마계나 요계는 워낙 은밀하게 활동했기 때문에 전 세계 각 나라의 정보국이나 중요 기관에서만 알고서 거기에 대비하고 있었다.

대비라고 해봐야 그들의 실체를 제대로 모르기 때문에 대략적인 대비였을 뿐이다.

마계와 요계가 전격적으로 대한민국을 침공하여 전쟁을 벌이고 있는 상황은 대한민국에 상주해 있는 특파원들에 의해서 전 세계로 타전되고 있었다.

그로 인해서 전 세계는 발칵 뒤집어졌으며 그 덕분에 일반인들도 마계와 요계에 대해서 처음으로 알게 되었다.

마계는 압도적인 마군의 군사력으로 불과 이틀 만에 서울시 전역을 장악했다.

갑자기 쏟아져 나온 마군 30만에 서울은 별다른 저항도 하지 못한 채 마계 수중에 떨어졌다.

또한 요계는 경기도 남부 지역과 충청도 대전을 비롯한 몇 개 도시를 장악한 상황이다.

요계는 최초에 수원 광교 신도시에서 쏟아져 나왔으나 이후 수원 남쪽 동탄 신도시를 가로지르는 오대천에서 한꺼번에 수십만 명이 쏟아져 나와 삽시간에 경기 남부와 충청북도에 이어서 충청남도의 도시들을 차례로 수중에 넣었다.

크게 보자면 마계는 서울을 비롯한 부천과 인천 등지, 경기도 서부 지역을 장악했으며, 요계는 나머지 경기도와 충청도의 도시들을 장악한 상황이었다.

물론 대한민국의 군대가 출동했지만 마군과 요군이 워낙 막강하게 방어막을 치고 있으며, 또한 시민들의 안전 때문에 마계와 요계가 장악한 도시들을 탈환하지 못하고 있었다.

다만 군 병력이 마계와 요계가 장악한 도시 외곽을 겹겹이 포위하고 있는 상황이었다.

현재 상황에 대해서 보고를 듣고 있는 강도의 얼굴은 아까보다 더 굳어졌다.

"음……."

강도를 비롯한 총본과 삼맹은 춘천의 강원도청으로 모두 옮겨왔다.

물론 사람들만 옮겨왔으며 시설과 시스템은 고스란히 놔두고 서둘러서 이곳으로 온 것이다.

마계는 경기도 가평까지 장악했으며 강촌이 마계와 군 병력의 완충 지대다.

수원 시내에서 요군과 치열하게 싸우고 있던 강도는 요군이 경기 남부에서 대거 쏟아져 나와서 대전으로 향하고 있으며 마군이 서울을 공격하고 있다는 보고를 받고 즉각 서울로 날아갔었다.

그러나 서울은 이미 강도 등이 손쓸 수 있는 상황이 아니었다.

30만이나 되는 마군이 서울 시내 곳곳을 휘저으면서 일차적으로 청와대와 관공서, 방송국, 경찰서, 국정원, 수도방위사령부, 터미널과 역, 인천공항 등을 순식간에 장악해 버린 상황에서는 강도 등이 어떻게 해볼 재간이 없었다.

분노가 머리끝까지 치솟은 강도는 격분을 참지 못하고 서울에서 마군과의 결사 항전을 실행하려고 했으나 옥령과 천룡을 비롯한 삼맹의 부맹주 등 측근들의 간곡한 만류로 일단 춘천으로 물러났다.

조금 전에 강도는 마군과 요군이 장악한 서울을 비롯한 경기도와 충청도의 도시들에서 시민 수백만 명이 무참하게 학살됐다는 보고를 받았다.

시민들이 얼마나 죽었는지 정확하게는 알 수 없지만 서울을 비롯한 경기도, 충청도 도시 곳곳에 시민들의 시체가 수북이 쌓였다고 했다.

또한 마군과 요군이 시민들의 시체를 곳곳에서 모아 불태워 소각하고 있는 탓에 시체들이 타는 연기가 마계와 요계가 장악한 도시 하늘을 새카맣게 뒤덮고 있다고 한다.

"놈들이 장악하고 있는 도시 밖으로는 나오지 않고 있다는 보고입니다."

현진자가 심각한 얼굴로 강도에게 보고했다.

지금 현진자 등이 하고 있는 보고는 합참을 통해서 얻은 정보지만 그 역시 정확하지는 않았다.

"군 병력은 도시로 진입하지 않고 있습니다. 시민들의 안전 때문이라고 합니다."

현진자의 얼굴은 돌처럼 굳어 있다.

"군통수권자인 대통령과 국방장관, 합참의장이 서울에 있다가 모두 마군에 제압된 상황입니다."

그는 진지한 목소리로 말을 이었다.

"각 군의 지휘자들 말에 의하면 일단 유사시에는 대한민국군 병력 전체를 주군께서 총지휘하는 것으로 미리 정해놓았다고 합니다."

그건 예견하고 있던 바다. 그 얘기는 대통령의 입을 통해서 직접 들었다.

현재는 마군과 요군이 도시들을 장악했기 때문에 광기가 어느 정도 가라앉은 상황이라서 처음처럼 시민들을 무자비하게 학살하지 않는다고 한다.

그런 상황에 병력이 도시로 진입한다면 마군과 요군이 시민들을 방패막이로 삼거나 처음처럼 마구잡이로 학살할 가능성이 높다.

"방송국들은 TV와 라디오 송출을 전면 중단했으며 도시 주요 기능의 90% 이상이 마계와 요계의 수중에 들어간 것으로 파악되고 있습니다."

현진자를 비롯한 측근들은 보고를 하면서도 자꾸 옥령에게 눈짓을 보냈다.

옥령 역시 강도에게 말할 찬스를 노리고 있다가 마침내 조심스럽게 말문을 열었다.

"주군, 제 말 좀 들어보세요."

아까 이 얘기를 꺼냈다가 강도에게 두 번 다시 그 얘기를 꺼내지 말라는 말을 들었던 옥령이라서 다시 그것에 대해서 말하는 게 극도로 조심스러웠다.

강도는 옥령이 무슨 말을 할지 짐작한다는 듯 미간을 슬쩍 찌푸렸다.

"우선 신후님과 대모님 등을 이곳으로 모셔와야 합니다."

"옥령."

강도가 착 가라앉은 목소리를 냈다.

그의 기분이 매우 언짢다는 뜻이지만 옥령은 이번만큼은 물러서지 않을 생각이다.

이대로 물러서면 다시는 신후와 대모에 대해서 얘기를 꺼내지 못할 것이기 때문이다.

"주군께선 그저 그러라고 고개만 끄떡이시면 됩니다. 신후님과 대모님을 모셔오는 것은 저희가 하겠습니다."

"지금 그런 게 중요한 게 아니다."

강도는 파라마누만 있으면 된다고 생각하기 때문에 유빈과 엄마, 여동생에 대해서는 별로 걱정을 하지 않는다.

그가 파라마누를 사랑하면 사랑할수록 유빈과 가족에 대한 생각은 흐려지고 있으며 그 자신은 그런 사실을 자각하지 못하고 있었다.

설혹 걱정을 한다고 해도 지금처럼 급박한 상황에 그들을 데려오는 것은 시기가 적절하지 않다는 생각이다.

옥령 등은 강도가 유빈을 얼마나 사랑하고 있는지, 또 모친과 여동생을 몹시 위한다는 사실을 잘 알고 있는데 그의 이런 태도를 이해하지 못했다.

"아냐, 중요해."

그때 강도 옆에 앉아 있는 파라마누가 불쑥 말했다.

그녀는 강도를 보면서 차분하게 말을 이었다.

"당신이 가서 그녀들을 데려와."

"파라마누."

파라마누는 자신의 생각을 강도에게 전해주었다.

그녀가 유빈과 가족을 데려오라고 하는 이유는 그녀들을 걱정하기 때문이 아니다.

강도의 측근 모두가 그녀들을 걱정하고 또 그녀들을 데려오기를 간절하게 원하고 있기 때문이다.

그녀들을 데려오지 않으면 수하들이 내내 걱정하고 또 심하면 강도에게 반감을 품을지도 모른다.

지금 같은 상황에서 내부 갈등을 일으키는 것은 절대적으로 피해야만 한다.

강도는 고개를 끄떡였다.

"알았다. 그럼……."

"당신이 가서 데려와."

강도는 옥령을 보내려고 하는데 파라마누가 강도더러 직접 가라고 말했다.

파라마누는 강도가, 아니, 디오가 인간 여자인 유빈에게 반하는 일은 절대로 없을 것이라고 확신했다.

강도가 조금 어이없는 얼굴로 자신을 쳐다보자 파라마누는 생긋 미소를 지었다.

"가서 그쪽 정세도 좀 살펴보고 와."

할 일이 산처럼 쌓여 있지만 강도는 파라마누의 말을 따르기로 했다.

"그러지."

강도는 옥령과 태청만 데리고 부천 집으로 공간 이동을 했다.

거실에 나타난 세 사람은 재빨리 실내를 살펴보았지만 아무도 없다.

강도는 집에서 인기척이 전혀 감지되지 않는 것을 확인했다.

또한 현관문은 통째로 뜯어져서 열린 채 바깥에 나뒹굴고 있었다.

옥령과 태청은 집에 아무도 없다는 사실을 직접 확인하려고 이 방 저 방 빠르게 돌아다녔다.

강도는 베란다로 가서 아파트 단지를 내려다보았다.

1,500세대가 넘는 대단지에 주민은 한 명도 없고 여기저기에 무기를 지닌 마군이 오가는 모습만 보였다.

강도는 마군이 이미 이곳 아파트 단지를 죄다 휩쓸었을 것이라고 짐작했다.

그는 유빈이나 가족에 대해서 별다른 감정을 갖고 있지 않지만 이왕 여기까지 왔으니까 건성으로 하지 않고 샅샅이 살펴볼 생각이다.

전음으로 유빈을 불렀다.

[유빈, 어디에 있나?]

유빈이 어디에 있든 5㎞ 이내에 있다면 응답할 것이다.

[여보!]

잠시 후, 유빈의 반가움에 가득 찬 전음이 들렸다.

그녀의 목소리를 듣자 불현듯 잠재해 있던 강도의 감정이 뭉클하고 세차게 떨렸다.

유빈과 멀어졌던 강도의 마음은 목소리를 듣는 순간 꺼졌던 재에 다시 불이 붙었다.

[유빈, 어디야?]

강도의 목소리에 옥령과 태청이 급히 옆으로 다가왔다.

[지하 보일러실에 숨어 있어요. 여보! 지금 어디에 계세요? 무사하신 거죠?]

유빈 등이 지하 보일러실에 숨어 있는 것으로 봐서 필경 좋지 않은 상황일 텐데도 그녀는 강도를 걱정하고 있다.

강도는 옥령과 태청을 데리고 유빈의 목소리가 들려온 곳으로 공간 이동했다.

스으…….

강도와 옥령, 태청은 어두컴컴한 지하 보일러실에 나타났다.

보일러실은 꽤 넓은데 강도 등이 나타난 곳은 어느 구석의 철문 앞이다.

그곳은 얼핏 보기에도 비품 같은 것들을 보관하는 창고 같았다.

그러나 강도는 철문을 즉시 열지 않았다. 철문 안쪽에서 유빈과 가족의 인기척이 느껴지고 있는데 그녀들 말고 다른 기척이 보일러실 내에서 감지됐다.

옥령과 태청 역시 다른 기척을 감지하고 양쪽으로 갈라져서 두 방향으로 쏘아갔다.

슈욱!

잠시 후에 미약한 음향과 함께 무거운 물체가 바닥에 쓰러지는 소리가 세 번 들렸다.

옥령이 전음을 보냈다.

[마군이 3명 있었습니다. 수색조인 것 같습니다. 저희는 경계를 하겠습니다.]

강도는 철문을 향해 돌아섰다.

그긍…….

그가 손을 대지도 않았는데 철문이 천천히 바깥으로 열렸다.

"아……."

철문 안 비품들이 쌓여 있는 곳에서 누군가의 탄성이 흘러나왔다.

강도는 유빈이 양팔을 벌린 채 싸울 듯한 자세로 서 있으며 그 뒤에 엄마와 강주, 유빈 부모가 서로 부둥켜안은 모습으로 웅크려 있는 모습을 발견했다.

"여보."

강도를 발견한 유빈이 왈칵 눈물을 쏟으면서 다가왔다.

"유빈."

강도는 유빈을 보는 순간 그녀에 대해서 잊혔던 감정들이

와르르 되살아나서 그녀를 힘껏 안았다.

목숨처럼 그녀를 사랑하면서도 어째서 조금 전까지만 해도 그녀를 타인처럼 여겼었는지 모를 일이다.

엄마와 강주, 유빈 부모는 나타난 사람이 강도라는 사실을 확인하고는 눈물을 흘리면서 환한 표정으로 다가왔다.

"강도야……!"

"오빠."

"이 서방… 이 사람아……!"

모두 강도에게 얼싸안기며 기뻐서 어쩔 줄 몰랐다.

강도는 유빈과 가족들의 현재 상황을 미루어봤을 때 어떻게 된 일인지 대충 짐작할 수 있지만 그래도 정확하게 알고 싶어서 유빈의 생각을 읽었다.

유빈은 부모님과 강도 엄마와 같이 오픈한 만두 가게에서 개점 준비를 하고 있었다.

강주는 방학 중이라서 함께 가게 일을 돕고 있었는데 갑자기 TV에서 서울 인근 세 군데의 산이 화산 폭발을 일으켰다는 말도 안 되는 뉴스가 흘러나와서 소스라치게 놀랐다.

그러더니 잠시 후에 만두 가게가 입점해 있는 건물이 거세게 흔들렸다.

위험하다고 판단한 유빈이 가족들을 이끌고 급히 만두 가게 밖으로 나와서 멀리 떨어지자마자 거대한 상가 건물이 붕괴하고 말았다.

대지진이었다.

상가 건물뿐만 아니라 주위의 건물들이 맥없이 마구 무너지고 도로가 갈라지면서 거리는 순식간에 아수라장으로 돌변했다.

유빈은 주위에서 호위를 하고 있던 한아람, 염정환, 차동철, 진희 등과 함께 가족을 이끌고 주위에 건물이 없는 부천 중앙공원으로 피신했다.

지진과 여진은 30분 동안 지속됐으며, 이윽고 지진이 끝났다고 판단한 유빈은 가족들과 함께 집으로 갔다.

근처에 사는 염정환 가족도 강도네 집으로 불렀으며, 가족이 있는 차동철은 가족을 돌보라고 집으로 보냈다.

유빈은 집에서 강도와 트랜스폰으로 통화를 시도했으나 이루어지지 않았다.

그렇게 집에서 조마조마한 심정으로 기다리고 있을 때 갑자기 밖에서 비명 소리가 들려서 내다보니까 어디에서 나타났는지 마군들이 아파트 단지 안으로 새카맣게 몰려들어 와 마구잡이로 주민들을 학살하기 시작했다.

어쩔 줄 몰라서 당황하던 유빈은 가족들과 함께 공간 이동을 해서 안전한 곳으로 피신하려고 시도했으나 실패했다.

어찌 된 일인지 트랜스폰이 전혀 작동되지 않았다. 유빈만
이 아니라 한아람과 염정환 등의 트랜스폰이 모조리 먹통이
되고 말았다.

아마 같은 시간에 영종도 라이징호텔에 마군이 들이닥쳐서
총본이 모두 철수를 했기 때문일 것이다.

유빈 등은 현관문과 창문들을 잠그고 안방에 모두 모여서
죽은 듯이 있었다.

그런데 얼마 후에 마군들이 현관문을 통째로 뜯어내는 소
리가 들렸다.

유빈 등은 하는 수 없이 막 현관문을 떼어낸 마군 5명을
모두 죽였는데 아파트 밖에는 마군들이 득실거려서 나갈 수
가 없는 상황이었다.

그래서 어쩔 수 없이 지하실로 내려가 보일러실 비품 창고
에 숨어 있었던 것이다.

"유빈, 엄마하고 부모님 모시고 먼저 가 있어. 나는 여기 좀
둘러보고 갈게."

강도는 대한민국을 침공한 마군을 직접 눈으로 보고 현재 상
황에 대해서 현장에서 직접 조금이라도 확인해 보려는 것이다.

유빈은 강도의 뜻을 거스를 수 없다는 것을 알기에 그의
뺨을 부드럽게 쓰다듬었다.

"조심해요."

엄마와 강주, 유빈의 부모님은 강도가 걱정돼서 같이 가자고 한사코 붙잡았다.

엄마와 강주 등은 강도의 실제 정체에 대해서 아무것도 모르기 때문에 그가 어째서 이곳에 남으려는 것인지 이해하지 못했다.

"총본에 가 있으면 거기에서 알아서 해줄 거야."

"네."

유빈은 짧게 대답했지만 그 안에 그녀의 염려가 가득 담겨 있었다.

강도는 지난 며칠 동안 유빈을 까맣게 잊고 파라마누만 생각했던 것이 갑자기 몹시 미안해졌다.

그는 유빈을 가만히 안고 전음으로 속삭였다.

[사랑해.]

[저두요.]

유빈은 수줍게 대답했다.

"여보, 저쪽에 염 호위의 가족이 숨어 있어요."

그녀가 한쪽 방향을 가리켰다. '염 호위'란 염정환을 가리키는 것이다.

염정환이 급히 앞장섰다.

"이쪽입니다."

그곳은 매우 큰 보일러가 윙윙거리면서 작동되고 있는 뒤쪽의 어두운 구석이었다.

거기에 염정환 처가 품속에 아들과 딸을 꼭 안은 채 숨어 있었다.

"영재야, 소희야."

"형아!"

강도가 두 팔을 벌리자 염정환의 아들과 딸이 반갑게 그의 품에 안겨들었다.

초창기에 강도는 만성골수성백혈병에 걸려서 죽을 날만 기다리고 있던 염정환 아들 영재를 살려준 적이 있었다.

유빈과 가족을 강원도청의 임시 총본으로 보내려는데 얏코가 한사코 가지 않겠다고 떼를 썼다.

원래 얏코가 떼를 쓰면 강도는 그녀를 이기지 못했다.

그렇지만 지금은 상황이 다르다. 이곳은 지옥이나 다름이 없어서 위험하다.

"쓸데없는 소리 하지 말고 언니한테 가라."

강도는 얏코까지 싸잡아서 유빈과 가족들, 그리고 염정환 가족 등을 모두 강원도청으로 보내 버렸다.

강도는 마계 7위인 빙악 커토너로 변신했으며, 옥령과 한아람, 진희는 마족 여자이며 8위 귀매인 헤르초스, 태청과 염정환은 귀부 허르초시로 각각 변신시켰다.

강도가 변신한 7위 커토너 정도면 현 세계 군대로 치면 소대장급이니까 행동하는 데 별 어려움이 없을 것이다.

강도 일행은 보일러실에서 계단을 이용하여 아파트 일 층 문을 열고 나왔다.

그런데 마침 일 층으로 들어서던 마군 10여 명이 강도 일행을 발견하고 알은척을 하면서 다가왔다.

눈이 빠른 태청은 자신들과 마군들의 다른 부분을 재빨리 찾아냈다.

우선 복장부터 달랐으며, 진짜 마군들은 무기를 지닌 데다 목에 회색의 링 같은 목걸이를 두르고 있었다.

다행히 다가오는 10여 명의 마군은 강도들을 별달리 의심하지 않는 것 같았다.

태청은 한아람과 염정환 등에게 전음을 보냈다.

[너희들은 가만히 있어라.]

마군들이 3m로 가까워지자 태청과 옥령이 총알처럼 앞으로 쏘아가면서 두 손을 휘둘렀다.

마군들이 멈칫하는 사이에 어지러운 손 그림자들이 허공에 난무했다.

스사아아—

이후 태청과 옥령은 아무 일도 없었다는 듯 강도 좌우로 돌아와서 섰다.

그러고 나서야 마군들의 잘라진 머리통이 우수수 바닥으로 떨어졌고, 그 다음에 마군들의 몸뚱이가 앞다투어 무너져 내렸다.

한아람과 염정환 등은 태청과 옥령의 놀라운 솜씨에 감탄하여 입을 커다랗게 벌렸다.

옥령이 꾸짖었다.

"어서 아래로 끌고 내려가라."

한아람 등은 죽은 마군들을 재빨리 보일러실로 옮겼다.

태청과 옥령이 죽인 마군은 11명이며 그들 중에는 빙악 커토너가 없고 전부 8위 허르초시와 헤르초스뿐이었다.

그래서 커토너로 변신했던 강도는 다시 허르초시로 변신하여 죽은 자의 복장을 갖춰서 입었다.

강도 일행은 누가 보더라도 영락없는 마군의 모습을 하고 아파트 단지로 나섰다.

강도는 이제부터 뭘 어떻게 할 것인지에 대한 계획은 세우지 않았다.

침공한 마군에 대해서 아는 것이 거의 없기 때문에 계획이 있을 리가 없다.

아파트 단지 내에는 예상했던 것보다 꽤 많은 마군이 돌아다니고 있었다.

게다가 놈들은 차까지 몰고 다녔다.

마족이 지하 세계에서 가져온 차가 아니라 대한민국의 차다. 마족이 어떻게 현 세계의 차를 운전할 수 있는지 모를 일이다.

의문은 곧 풀렸다. 운전석에는 사람, 그러니까 현 세계의 인간이 타고 있었다.

강도가 보기에는 평범한 사람 같았다. 어쩌면 아파트 주민일지도 모른다는 생각이 들어서 그 사람의 머릿속을 스캔해 보았다.

강도의 생각이 맞았다. 운전을 하고 있는 사람은 아파트 주민이며 마군의 명령으로 운전을 하고 있었다.

또한 그 사람이 운전하고 있는 차는 자신의 차였다. 말하자면 차와 차주가 마군에게 징발당한 것이다.

아파트 단지 내에는 그런 차들이 수십 대 굴러다녔다. 아니, 아파트 단지 밖으로 나가기도 하고 나갔다가 돌아오기도 하는 게 보였다.

선두에서 단지 내를 걸어가던 강도는 관리 사무소에 가보기로 했다.

이곳 아파트 단지에 마군들이 들어와 있다면 관리 사무소를 본부로 사용할 것이라는 짐작에서다.

태청이 걸음을 빨리 하더니 강도 앞에서 걸었다.

강도는 모두에게 전음을 보냈다.

[관리 사무소에 가자.]

태청은 재빨리 주변을 살펴보다가 팻말을 확인하고 한쪽으로 방향을 잡아 똑바로 걸어갔다.

그들이 걸어가는 주변 곳곳 바닥에는 피가 홍건하게 고여 있었다.

아파트 주민들이 흘린 피인 것 같은데 시체는 한 구도 보이지 않았다.

강도가 한쪽 방향을 쳐다보니 새카만 연기가 하늘을 온통 뒤덮고 있는데 시체 타는 냄새가 진동했다.

[저기로 가보자.]

강도의 전음에 태청이 방향을 바꿨다.

시체를 소각하고 있는 곳으로 가는 도중에 강도는 뜻밖의 광경을 목격했다.

3명의 마군이 일가족으로 보이는 사람들을 데리고 소각장 쪽으로 가고 있었다.

40대 중반의 부모와 자식들로 보이는 15~16세 소년과 소녀가 울면서 비틀거리면서 걸어가고 있다.

남편은 심하게 얻어맞았는지 얼굴에서 피를 흘리면서 몹시 비틀거리는데 아내가 흐느껴 울면서 부축하고 있다.

허리에 붉은색의 길쭉한 쇠붙이를 찬 마군 10여 명이 일가족 4명을 에워싼 채 걸어가고 있다.

강도는 뒤따라가면서 남편의 생각을 읽었다.

가족을 지켜야겠다는 일념만 갖고 있는 남편은 마군들이 아내를 때리는 걸 보고는 참지 못하고 달려들었다가 얻어터지고 이 지경이 되고 말았다.

강도의 생각으로는 마군들이 일가족을 죽이려고 끌고 가는 것 같았다.

일가족을 현장에서 죽인 후에 끌고 올 수도 있지만 이런 경우에는 주민들에게 보여주기 위한 처형일 것이다.

주민이 반항하거나 비협조적이면 이렇게 처형당한다는 공포심을 주민들 모두에게 새겨주려는 것이 분명하다.

남편은 비틀거리면서 마군들에게 이제 반항하지 않고 말을 잘 들을 테니까 살려달라고 흐느껴 울며 하소연을 하는데도 마군들은 눈길조차 주지 않았다.

아내와 아이들 모두 죽음을 예견하는지 통곡을 하듯이 엉엉 울고 있었다.

강도는 일가족을 구해주고 싶지만 사방이 탁 트인 곳이고 여기저기에 마군들이 오가고 있어서 이곳에서는 여의치가 않았다.

"이런 개새끼들."

강도의 입에서 욕이 저절로 흘러나왔다.

옥령과 태청들도 똑같은 심정이다. 그들은 심장이 입 밖으로 튀어나올 만큼 분노했다.

소각장이라고 할 것도 없는 아파트 단지의 뒤편 축대 아래에 주민들 시체 수백 구를 쌓아놓고는 거기에 기름을 부어서 불태우고 있었다.

장작 같은 게 아닌 죽은 사람을 태우는 불길과 새카만 연기가 수십 미터나 치솟았고 매캐한 냄새가 코를 찔렀다.

그런데 그 옆에는 아직 태우지 않은 시체들이 수북이 쌓여 있으며 1,000구가 훨씬 넘을 것 같았다.

뿐만 아니라 그곳 옆의 축대 아래에 아직 살아 있는 주민 30여 명이 무릎을 꿇은 채 뒷모습을 보이며 횡대로 죽 늘어앉아 있었다.

그리고 지금 막 끌려온 일가족 4명은 한쪽 끄트머리에 무릎이 꿇렸다.

뜻밖에도 시체를 태우고 있는 것은 아파트 주민들이다.

젊은 남자 10여 명이 2인 1조가 되어서 한쪽에 쌓여 있는 시체를 한 구씩 들어다가 불타오르고 있는 시체 더미에 던지고 있었다.

그리고 마군 5명이 10m쯤 떨어진 곳에서 지켜보며 감독하고 있다.

그리고 그곳에서 오른쪽으로 20m 거리에 주민 30여 명이 무릎을 꿇고 높은 축대를 향해 앉아 있으며, 그 뒤에는 마군 10명이 우뚝 서 있었다.

무릎을 꿇고 있는 주민들은 대부분 남자이며 여자와 어린 아이도 섞여 있었다.

강도 등은 그들의 뒤쪽 15m쯤 되는 곳에서 걸음을 멈추고 주위를 둘러보았다.

강도 등이 막 지나온 통로 양쪽에 축대를 향해 아파트 2동이 가로로 버티고 서 있다.

축대 쪽이 아파트 뒷 베란다이지만 25층이나 되기 때문에 내다보는 사람이 있을 것이다.

그렇지만 강도는 개의치 않았다. 마군을 죽이는 거라면 주민들이 박수를 치면서 환영을 할망정 다른 일은 벌어지지 않을 거라고 생각했다.

그때 무릎을 꿇고 있는 주민들 뒤에 서 있던 10명의 마군 중에서 2명이 주민들 왼쪽으로 걸어갔다.

2명의 마군은 맨 왼쪽 주민 2명의 뒤에 서서 허리춤에 차고 있는 쇠막대기를 뽑았다.

45㎝ 길이의 쇠막대기 한쪽은 칼날처럼 날카로워서 도(刀)처

럼 사용할 수 있는 듯했다.

아마도 그걸로 주민들의 목을 자르려는 것 같았다.

그때 두려움 때문에 자꾸 뒤를 쳐다보던 여자 한 명이 맨 왼쪽의 마군이 칼을 치켜드는 모습을 보더니 갑자기 비명을 지르면서 벌떡 일어나 반대 방향으로 마구 달려갔다.

"아악!"

주민들 뒤에 서 있던 마군들 중에 한 명이 뛰어가는 여자를 향해 쇠막대기를 뻗었다.

투칵—

순간 쇠막대기 끝에서 무언가 쏜살같이 튀어 나갔다.

총알이라고 해도 식별할 수 있는 강도가 쳐다보니까 그건 손가락 하나 길이의 암기 같은 화살이다.

씨융!

화살은 도망치는 여자의 뒤통수를 향해 일직선을 그으며 쏘아갔다.

"죽여라."

강도가 짧게 명령하는 순간, 옥령과 태청, 한아람, 염정환, 진희가 마군들을 향해 쏘아갔다.

쉬이익!

도망치는 여자의 뒤통수를 향해 쏘아가던 화살은 뒤통수를 1m쯤 남겨놓은 곳에서 보이지 않는 벽에 부딪친 것처럼 막혀 바닥에 툭 떨어졌다.

투우…….

강도가 여자 뒤에 무형막을 친 것이다.

그러나 화살을 발사한 마군은 놀랄 겨를이 없었다.

뒤에서 유령처럼 쏘아온 염정환이 그의 목을 자르고 있었기 때문이다.

무방비 상태에 있던 마군들 즉, 한 명의 커토너와 14명의 허르초시와 헤르초스들은 상대가 누군지도 모른 채 모조리 목이 잘라져서 바닥에 나뒹굴었다.

강도는 주민들에게 걸어가면서 본래의 모습을 되찾으며 말했다.

"모두 집으로 돌아가시오."

시체들을 소각하거나 무릎을 꿇고 있던 주민들은 강도를 보면서 크게 놀라는 표정을 지었다.

주민들은 반신반의하는 표정으로 그 자리에서 움직이지 않고 강도를 쳐다보았다.

강도는 부드러운 미소를 지었다.

"집에 가서 절대 나오지 마십시오."

그는 태청 등이 목 잘린 마군들의 시체를 불속에 집어던지는 것을 보며 말했다.

"악마 같은 놈들을 모두 죽이기 전에는 말입니다."

강도는 아파트 단지의 관리 사무소를 장악했다.

그가 예상했던 대로 관리 사무소는 아파트 단지에 진입한 마군들의 본부였다.

이곳 마군 지휘자는 마계 7위 야도 키세르테르이며 지위는 사노크 즉, 중대장급이다.

이곳에 진군한 마군의 수는 100명이고 그들의 목적은 이곳 아파트 단지 1,500세대 약 7,000명의 주민들을 제압, 통제하는 것이다.

마군은 불과 100명뿐이지만 주민 7,000명은 맥없이 그들에게 제압당하고 말았다.

조금이라도 반항하는 주민은 그 즉시 잔인하게 죽여 버렸기 때문에 주민들은 공포에 질렸다.

강도는 관리 사무소에 있던 마군들 키세르테르를 비롯하여 20여 명을 모두 제압해서 기절시켰다.

그러고는 키세르테르의 머릿속을 스캔하여 필요한 정보들을 수집했다.

태청이 염정환과 진희, 한아람을 데리고 관리 사무소 입구와 바깥을 경계하고 있으며, 옥령이 강도 옆을 지키고 있다.

강도는 마군 중대장 키세르테르의 머리를 스캔한 내용을 10초 정도 정리하고 20초쯤 궁리한 후에 결정을 내렸다.

"다 죽여라."

그는 짧게 한마디 하고 밖으로 나갔다.

강도는 중대장 키세르테르로 변신하고 그의 복장으로 갈아입었다.

키세르테르는 귀부 허르초시와 귀매 헤르초스하고는 다른 무기를 지니고 있었다.

야구 글러브 절반 정도 크기의 장갑인데 손에 끼고 무기를 발사했다.

그 무기는 염정환이 대신 꼈다.

한 가지 특기할 만한 점이 있다. 마군은 반드시 목을 잘라야지만 죽는데 마군의 무기를 사용할 경우에는 그러지 않아도 죽는다는 사실이다.

그것은 신선한 발견이다. 강도야 상관이 없지만 다른 고수들에게는 마군을 죽일 새로운 방법이 나타난 것이다.

강도는 이 아파트 단지를 접수하기로 마음먹었다.

지금처럼 아무것도 하지 못하고 속수무책인 상황에서는 마군 속에 침투해서 거점을 마련하고 놈들의 계획이나 약점 같은 것들을 파악하는 것이 급선무라고 생각했다.

30분 후, 강도 등은 아파트 단지 내에 있는 마군 100여 명을 한 명도 남기지 않고 모두 죽여서 소각했다.

그러고는 춘천 강원도청에 있는 총본의 고수 30명을 아파트 단지로 공간 이동 시켰다.

라이징호텔 총본의 시스템이 없기 때문에 강원도청에 있는 파라마누가 그들을 강도에게 전송시켰다.

원래 아파트 단지에 있던 마군은 키세르테르 한 명에 소대장 커토너 2명을 비롯하여 100명이었으나 총본의 고수 30명으로 충분할 것 같았다.

이곳 아파트 단지 이름은 중평 3단지다.

강도는 태청에게 지시하여 관리 사무소의 단지 내 방송으로 주민들을 안심시켰다.

자세한 내용은 일일이 설명할 수 없지만 군 병력이 비밀리에 이곳을 장악했으므로 주민들에게 아파트 단지를 벗어나지 않는 선에서 편안하게 생활하라고 당부했다.

또한 이곳 중평 3단지를 장악한 군 병력은 인간이지만 마군의 모습으로 변장을 하고 있으므로 그들을 보더라도 겁먹지 말라고 당부했다.

강도는 하나의 문제에 봉착했다.

마족어 즉, 넬브(Nyelv)를 알고 있는 사람이 자신뿐이라는 사실이다.

강도와 고수들이 중평 3단지를 장악한 상태에서 마군이 이곳을 찾아오지 않든가 총본의 고수들이 외부로 한 발자국도 나가지 않는다면 넬브를 알 필요가 없다.

그렇지만 강도가 이곳을 거점으로 삼은 이유는 이곳을 중심으로 무언가를 도모하기 위함이지 여기에 웅크리고 있으려는 게 아니다.

그는 고수들을 모두 한곳에 모이게 했다.

고수들에게 마족어 넬브를 구사할 수 있도록 시도해 볼 생각이었다.

그가 넬브와 요족어 루그하를 할 수 있는 이유는 그에게 번역기 같은 능력이 있기 때문이다.

그래서 그 번역 능력을 고수들에게 심어주려는 것이다.

강도가 평소에 자신의 생각을 다른 사람에게 심어주는 것처럼 넬브를 번역할 수 있는 능력을 생각으로 전환시켜서 전해주면 될 것 같았다.

"지금부터 너희들에게 마족어 넬브를 할 수 있는 능력을 심어주려고 한다."

옥령과 태청 이하 고수들은 긴장했다.

강도는 타국어를 번역할 수 있는 능력을 생각으로 만들어서 모두의 머릿속에 한꺼번에 주입시켰다.

그렇지만 고수들은 자신들에게 일어난 변화에 대해서 추호도 느끼지 못했다.

"내 말이 들리면 고개를 끄떡여라."

강도의 말에 한 명도 빠짐없이 고개를 끄떡였다.

강도는 엷은 미소를 지었다.

"지금 내가 하는 말은 마족어 넬브다."

"아……."

고수들은 나직한 탄성을 토했다.

옥령이 물었다.

"주군, 우리가 넬브를 하려면 어떻게 합니까?"

"넬브를 하겠다고 마음먹으면 된다."

옥령은 한 템포 쉬었다가 다시 말했다.

"제가 지금 말하는 게 넬브인가요?"

"그렇다."

옥령은 고개를 갸웃거렸다.

"그런데 한국어 같아요. 전혀 넬브 같지 않아요."

"머릿속의 번역기가 옥 이모가 하고 싶은 말을 번역했기 때문이야."

"그런가요?"

옥령은 강도가 '옥 이모'라고 불러주기만 하면 기분이 매우 좋아졌다.

강도는 모두에게 말해주었다.

"너희들 몸에서는 금광이 발산될 것이다. 어딜 가더라도 금광을 발산하는 마군은 같은 편이라는 사실을 명심하고 실수하지 않도록 해라."

고수들은 동료들을 둘러보다가 깜짝 놀랐다. 방금 전까지만 해도 동료들에게서는 아무런 변화가 없었는데 지금 보니까 몸에서 은은한 금광이 뿜어지고 있다.

"그리고 너희들 모두에게 이곳 지휘자였던 키세르테르의 지식을 심어주었으니까 마군을 만나면 적절하게 대처하도록 하라."

고수들은 강도에게 그저 무한한 존경심만 샘물처럼 솟아날 뿐이다.

강도는 칠러그를 중평 3단지로 불러들였다.

칠러그를 본 적이 없는 고수들은 관리 사무소에 나타난 그녀를 보고는 그녀에게서 눈을 떼지 못했다.

눈부신 금빛 머리카락이 허리까지 내려와서 물결처럼 흔들리는 그녀의 미모는 예전 한창때의 미국 여배우 브룩쉴즈를 보는 것 같았다.

"칠러그, 네가 날 좀 도와줘야겠다."

강도의 말에 칠러그는 기쁜 표정을 지으면서 그의 손을 잡고 손등에 입술을 댔다.

"분부에 따르겠어요, 거즈더우람."

저승 문턱을 반쯤 넘었다가 다시 살아난 그녀는 강도를 자신의 목숨보다 더 존경하고 충성하게 되었다.

"우선 네 모습을 바꾸자."

칠러그가 푈드빌라그 군주 일족의 눈부시게 아름다운 모습으로 돌아다니면 마군들의 시선을 한 몸에 받을 것이다.

"커토너 정도가 좋은데, 여자 커토너가 있느냐?"

"네, 뇌이커토너(Női katona)라고 해요."

"어떻게 생겼느냐?"

칠러그는 그림을 그리려고 필기구를 찾으려 두리번거렸다.

"됐다."

강도는 '뇌이커토너'라는 말이 나오자 칠러그가 머릿속에 떠올린 여소대장 뇌이커토너의 모습을 벌써 읽었다.

칠러그는 갑자기 몸이 지리릿! 하는 느낌에 깜짝 놀랐다.

"아……."

강도는 태청에게 지시했다.

"칠러그에게 옷을 갖다 줘라."

여소대장 뇌이커토너 복장이 없기 때문에 태청은 헤르초스의 옷과 무기를 칠러그에게 주었다.

"저기 들어가서 갈아입어라."

강도가 한쪽에 있는 문을 가리키자 칠러그가 조심스럽게

부탁했다.

"같이 가주세요."

문을 열고 방 안에 들어간 강도가 묵묵히 서 있자 칠러그
는 옷을 갈아입으려고 거울 앞으로 갔다.

"앗!"

그녀는 자신의 모습이 흉측하게 변한 것을 발견하고 소스
라치게 놀랐다.

일자눈썹에 눈과 눈 사이 간격이 1㎝도 안 될 정도로 좁아
서 눈이 붙은 것 같다.

또한 돼지처럼 약간 튀어나온 코에 콧구멍이 뚫렸으며 반면
에 입은 쑥 들어갔는데 팔자로 양쪽 입술 끝이 아래로 축 쳐
진 괴기한 모습이다.

다만 남자 커토너와 다른 점은 유방이 있고 사타구니에 음
경이 없다는 사실이다.

놀란 칠러그는 조금 전에 몸이 지리릿할 때 자신의 모습이
변했다는 사실을 깨달았다.

그녀는 강도가 재촉하지 않고 기다리고 있다는 사실을 알
고는 서둘러 입고 있는 옷을 벗었다.

그녀는 예전에 치료를 받을 때 강도에게 꽤 오랫동안 알몸
을 보인 적이 있기 때문에 옷을 갈아입는 것이 부끄럽지 않을
것이라고 생각했으나 오산이다.

군주 일족의 눈부신 몸이 아닌 뇌이커토너의 흉측한 모습인데도 옷을 벗는 것이 너무나 부끄러웠다.

강도는 그녀가 부끄러워하는 것을 알고 그냥 말없이 방을 나가 버렸다.

칠러그가 나가지 말라고 급히 말하려는데 밖에 나간 강도가 문을 닫았다.

탁!

부천시 중동과 상동 지역은 90% 이상이 아파트 단지로 이루어져 있다.

강도는 자신들이 되찾은 중평 3단지 바로 옆에 위치한 건용아파트 1,200세대를 탈환하는 과정에서 새로운 사실을 하나 알게 되었다.

부천시에 진군한 마군의 수가 4만이며 총지휘자는 제40영주인 페헤르외르데고 네지벤(Negyven)이며 현재 부천시청에서 총지휘를 하고 있다는 것이다.

강도는 건용아파트를 탈환하고 총본의 고수 30명을 불러와서 지키도록 했다.

이후 중평 3단지 관리 사무소로 돌아와서 작전을 짰다.

강도가 해야 할 일은 크게 두 가지다.

하나는 서울과 경기, 인천, 충청 지역을 점령한 마군과 요군

을 섬멸하는 것이고, 또 하나는 마군이 화산 폭발과 지진을
일으키지 못하게 하는 것이다.

고심 끝에 강도는 침공한 마군과 요군을 토벌하는 것을 먼
저 하기로 결정했다.

마군이 점령지 내에서는 화산 폭발과 지진을 일으키지 않
을 것이라고 판단해서였다.

점령지에서 화산 폭발과 지진을 일으킨다면 현 세계와 마
족이 공멸할 것이기 때문이다.

강도는 김포 해병대 사령관과 연락을 취했다.

마군이 통신사들을 장악했기 때문에 일반적인 통신 수단
은 아무런 소용이 없다.

그래서 강원도청의 임시 총본과 연락을 하여 사령관이 있
는 곳의 좌표를 설정하여 사령관과 직접 대화를 했다.

"사령관, 이강도입니다."

—아! 초법집행관님……!

사령관은 깜짝 놀랐다.

각 군 지휘관들은 국가가 위급한 상황에는 대통령이 임명
한 초법집행관이 군통수권자라는 통보를 이미 받았었다.

"이쪽 상황을 설명하겠습니다."

강도는 상황 설명을 간략하게 하고 나서 자신이 세운 작전

에 대해서 설명했다.

　—그러니까 소수 정예를 원하시는 겁니까?

　"그렇습니다. 전면전은 곤란합니다."

　—그렇겠군요. 그렇다면 이곳에 대기하고 있는 특전대원들과 해병들을 보낼 수 있습니다. 그러면 헬기로 그곳에 침투시킵니까?

　"아닙니다. 그곳 좌표를 강원도청에 알려주십시오. 그러면 그쪽에서 사람이 갈 겁니다."

　—사람이 와서 어떻게 합니까?

　"그 사람이 특전대원과 해병을 이곳으로 보내줄 겁니다."

　—무슨 말씀이신지……

　"이해하려고 하지 마십시오. 그냥 내가 시키는 대로 하면 됩니다."

　—알겠습니다.

　강도는 최대한 빠르게 중평 3단지 주변의 아파트 단지들을 차근차근 탈환해 나갔다.

　탈환한 각 아파트 단지에는 규모에 따라서 20명에서 30명까지 총본의 고수들을 상주시켰다.

　물론 탈환하는 과정에 죽인 마군의 시체들은 흔적을 남기지 않고 다 태웠다.

저녁 무렵이 되었을 때 강도는 14개 아파트 단지 약 2만 세대를 탈환하고 마군 1,700여 명을 죽였으며 주민 7만여 명을 구했다.

여전히 임시 본부는 중평 3단지 관리 사무소이며 탈환한 각 단지의 고수들이 보고할 일이 있으면 이곳으로 달려왔다.

강도는 지금까지 14개 아파트 단지 탈환에 직접 선두에서 활약했었다.

그가 없으면 아파트 단지를 탈환한 후에 총본의 고수를 공간 이동하여 마군으로 변신시켜서 대체할 수가 없기 때문에 직접 나서야만 한다.

"주군, 이거 좀 보십시오."

태청이 박스 하나를 들고 들어오자 뒤따라서 수하들이 박스를 하나씩 메고 들어왔다.

"뭐냐?"

"워키토키입니다."

태청은 자신이 들고 온 박스를 책상에 내려놓고 열어 보였다.

안에는 작은 상자에 담긴 무전기가 가득했다.

"상가에서 전자 상점에서 구했습니다. 이걸로 우리들끼리 통신하면 괜찮을 것 같습니다."

그는 작은 박스 하나를 뜯어 무전기를 꺼냈다.

"제가 시험해 봤는데 10㎞ 이내에서 통신이 가능했습니다."

강도는 태청의 어깨를 두드렸다.

"잘했다. 수하들에게 나눠줘라."

김포 모부대 연병장에 특전대원들과 해병이 두 그룹으로 나누어서 1,000명쯤 모여 있으며 그들의 앞쪽에 중대장들이 같은 방향을 보며 서 있었다.

이들이 이곳에 모인 지 2시간이 지났지만 기다리고 있는 사람은 아직 나타나지 않았다.

그렇지만 특전대원들과 해병들 그리고 중대장과 대대장들은 전방을 주시한 채 요지부동 꿈쩍도 하지 않았다.

앞쪽에는 사령관도 여단장 몇 명이 서 있으며, 사령관이 손목시계를 보았다.

밤 9시 45분이다.

이들은 부천과 인천을 측면에서 공격하기 위해서 이 근처에 집결해 있다가 한군데 모이라는 초법집행관의 명령을 받았었다.

여단장 한 명이 조심스럽게 사령관에게 말했다.

"한번 연락을 취해보시죠."

"그쪽에서 연락을 해야지만 대화가 가능해."

사령관은 굳은 얼굴로 대꾸했다.

이번에는 다른 여단장이 고개를 슬쩍 모로 꼬면서 조심스럽게 자신의 의견을 피력했다.

"사람 한 명을 우리에게 보내서 그 사람이 병력을 부천 한 복판으로 데려간다는 게 말이 됩니까?"

사령관은 근엄한 표정을 지었다.

"상대는 초법집행관이야."

"그 사람이 어떤 인물인지 아십니까?"

그때 사령관과 군인들 사이의 공간에 갑자기 흐릿한 빛 무리가 나타났다.

스우우……

그러더니 갑자기 빛 무리가 사라지면서 눈부시게 아름다운 여인 파라마누가 나타났다.

모두들 깜짝 놀랐으며 특전대원과 해병들 중에는 파라마누를 공격을 하려는 사람도 있었다.

"사령관이 누구지?"

멋들어진 투피스 차림인 그녀는 주위를 둘러보면서 도도한 모습으로 입을 열었다.

사령관과 여단장들은 그녀가 초법집행관이 보낸 사람일 것이라고 직감했다.

"나요."

사령관 이하 모두들 파라마누가 느닷없이 귀신처럼 나타났

다는 사실에 놀랐고 그녀의 비할 데 없이 아름다운 미모와 자
태에 잠시 넋을 빼앗겼다.

"카르만에게 갈 자들이 누구냐?"

"무슨 말이오?"

인간이란 참 요상한 동물이다.

이런 급박한 상황에서는 그런 걸 따지지 말아야 하는데도
생판 모르는 여자에게 대뜸 반말을 들으면 기분이 나빠지니
까 말이다.

그러나 다행인 것은 사령관이 불쾌한 기분이 됐다는 사실
을 파라마누가 감지하지 못했다는 사실이다.

"여기에 있는 자들을 부천으로 보내는 것 아니냐?"

"그렇소."

파라마누는 두 손을 가느다란 허리에 얹어서 한껏 관능미
를 뽐내면서 특전대원과 해병 1,000여 명을 턱으로 가리켰다.

"이게 전부냐?"

이게라니.

사령관은 미간을 좁혔다. 아무리 초법집행관이 보낸 사람이
지만 너무 안하무인이다.

설사 상대가 대통령이라고 해도 이 정도로 나오면 참을 사
람이 없을 것이다.

파라마누는 눈을 상큼 치켜떴다.

"빨리 대답해라."

그때 더 이상 참지 못하고 중대장 한 명이 나섰다.

"말이 너무 심한 거 아니요? 상대를 봐가면서… 억!"

허리춤의 권총을 만지면서 앞으로 나서던 중대장의 몸이 갑자기 허공으로 붕 떠올랐다.

"끄으으……."

허공 3m 높이에 선 자세로 멈춘 중대장은 목이 조이는지 두 손으로 자신의 목을 잡으면서 고통스러운 신음을 토했다.

"끄으으……."

사람들이 놀라서 파라마누를 쳐다보았지만 그녀는 두 손을 허리에 얹은 채 차가운 미소를 짓고 있을 뿐이다.

우둑… 뚜둑…….

허공의 중대장 목에서 부러지는 소리가 났다.

─파라마누, 쓸데없는 짓 하지 마라.

그때 파라마누의 귀에 강도의 목소리가 들렸다. 그는 마치 이 상황을 다 알고 있는 것 같았다.

"이놈들이……."

─어서 보내라.

"알았어."

사람들의 귀에는 강도와 파라마누의 대화가 들리지 않았다.

스으…….

"어어……."

중대장은 부러졌던 목이 다시 원상회복된 상태에서 스르르 땅에 내려졌다.

파라마누는 뒤로 세 걸음 물러나면서 특전대원과 해병들에게 명령했다.

"왼쪽부터 50명씩 나눠서 모여라. 나는 한 번에 50명밖에 못 보낸다."

특전대원들과 해병들, 중대장들은 어떻게 해야 좋을지 사령관을 쳐다보았다.

사령관은 초법집행관이 보낸 사람이 파라마누라고 판단했기에 그녀가 어쩌는지 보려고 고개를 끄떡였다.

"시키는 대로 해라."

사령관의 명령이 떨어지자 특전대원들과 해병들은 일사불란하게 오와 열을 맞추어 정렬했다.

그러면서 과연 파라마누가 어떤 방법으로 특전대원들과 해병들을 부천으로 보낼 것인지 관심이 집중됐다.

파라마누는 대열의 왼쪽에 따로 모여선 50명 앞에 서서 강도에게 물었다.

"그곳으로 보내면 되지?"

—그래.

그녀는 50명을 향해 두 손을 뻗었다.

후우우…….

그녀의 두 손에서 반투명한 푸른빛이 뿜어 나와서 50명 둘레에 울타리처럼 선을 그었다.

비우우움…….

그러더니 한순간 울타리 안쪽이 눈부신 섬광에 휩싸여 아무도 보이지 않았다.

그러고는 즉시 섬광이 사라졌으며 그곳에 있던 50명의 모습 또한 감쪽같이 사라졌다.

"아아……."

"뭐, 뭐야?"

모두들 놀라서 허둥거렸다.

때마침 사령관에게 강도의 목소리가 들렸다.

─50명 왔습니다. 계속 보내라고 하십시오.

"아… 알겠습니다."

사령관은 반쯤 얼이 빠졌다. 그는 눈으로 직접 보고서도 방금 전에 눈앞에서 일어난 일이 믿어지지 않았다.

"다음 빨리 서라."

파라마누의 말이 떨어지기 무섭게 특전대원들과 해병들이 재빨리 50명 무리를 만들었다.

중평 3단지 지하 주차장에 특전대원들과 해병들이 모여 있고 그 앞에 강도와 옥령, 태청이 서 있었다.

강도와 옥령, 태청은 본래 사람의 모습으로 환원한 상태다.

지하 주차장에는 김포에서 1차로 온 1,000명의 특전대원, 해병들이 도열해 있다.

강도는 50㎝ 높이의 발판 위로 올라섰다.

"모두 날 봐라."

1,000명의 시선이 강도에게 집중되었다.

"나를 보지 않는 사람은 도태된다."

강도는 거두절미 특전대원과 해병들 머리에 현재 상황과 마군에 대한 정보, 지식, 지금부터 해야 할 일에 대한 것들을 한꺼번에 심어주었다.

그것은 모두 강도를 쳐다보고 있기에 가능했다.

지금처럼 많은 인원에게 생각을 주입하려면 시선을 통하는 방법이 최선인데 만약 그를 보지 않으면 생각이 주입되지 않는다.

"어어……."

"이… 이게 뭐지?"

갑자기 마계와 요계, 마군과 요군, 이곳 부천의 상황에 대한 정보와 지식들이 한꺼번에 머릿속에 주입되자 특전대원들과 해병들은 소스라치게 놀라서 웅성거렸다.

옥령이 모두에게 나직하지만 카랑카랑한 목소리로 말했다.

"방금 주군께서 너희들에게 심어준 내용이 현재 대한민국이 처해 있는 상황이다."

모두들 크게 놀라더니 곧 굳은 표정으로 변했다.

"이제부터 편의상 너희들을 질풍2대로 편성하겠다."

옥령은 질풍2대 1,000명을 마군으로 변신시킬 것이며, 마군 무기 사용법과 지금부터 해야 할 작전에 대해서 차근차근 설명했다.

"우리가 마계로부터 부천을 탈환할 것이다."

그 말을 끝으로 옥령은 뒤로 물러섰다.

이번에는 태청이 짧게 외쳤다.

"앞줄 왼쪽부터 한 명씩 주군 앞으로 나와라."

특전대원들과 해병, 아니, 질풍2대의 대원들은 열을 지어 차례로 한 명씩 강도 앞으로 걸어왔다가 1초 동안 그를 마주 바라보고는 다시 걸어가서 대열을 만들었다.

강도 앞을 지나친 대원들은 모두 마군으로 변했다. 강도와 마주 서는 순간 마군이 된 것이다.

그들은 다시 대열을 정렬하다가 자신들의 모습이 변했다는 사실을 서로 알아보고 한바탕 작은 소요가 벌어졌다.

밤 12시.

부천에서 가장 규모가 큰 아파트 단지인 제너럴카운티에서

100m 거리의 어느 빌딩 뒤에 강도를 비롯한 측근과 질풍2대원 등 50명이 공간 이동을 하여 나타났다.

제너럴카운티는 3,500세대로 주민 수가 2만여 명에 달한다.

강도를 선두로 50명이 제너럴카운티 정문을 향해 빠르게 내달렸다.

강도가 공간 이동을 하여 정문 앞에 나타나지 않은 이유는 어느 아파트 단지든지 항상 정문에 마군들이 지키고 있기 때문이다.

갑자기 나타나느라 상황 판단이 서기 전에 마군에게 발각되면 일을 망칠 수 있기 때문이다.

마군들이 목에 목걸이처럼 차고 있는 금속 링이 마군끼리의 무전기 역할을 한다는 사실을 나중에 알게 됐었다.

무전을 하려면 링의 왼쪽에 돌출된 부위를 누르면 자동으로 본부가 호출된다.

강도와 옥령, 태청은 정문 옆 담을 넘어서 안으로 조금 들어갔다가 정문으로 접근했다.

과연 정문에 4명의 마군이 지키고 있으며 그 옆의 어두컴컴한 나무 그늘 아래 마군 6명이 바닥에 앉아서 무언가를 우적거리며 먹고 있었다.

강도는 정문을 지키는 4명에게, 옥령과 태청은 앉아 있는 6명에게 쏜살같이 쏘아갔다.

강도에게서 초절신강 강기가 뿜어졌다.

스파아—

"끅……."

"컥……."

마군 4명의 목이 잘라지고 머리가 둥실 밤하늘로 떠오르고 있을 때 옥령과 태청도 앉아 있는 6명의 목을 잘랐다.

태청이 정문 밖으로 나가서 신호를 보내자 담벼락에 붙어 있던 질풍2대원들이 나는 듯이 달려왔다.

강도는 태청에게 질풍2대원들을 맡기고 자신은 옥령과 함께 관리 사무소로 향했다.

3,500세대 대단지 아파트이기에 관리 사무소의 규모도 매우 컸다.

강도와 옥령, 태청이 관리 사무소로 들어섰을 땐 불이 다 꺼져 있고 구석에 흐릿한 불 하나만 켜 있었다.

그리고 마군 15명이 책상 앞의 의자나 바닥에 퍼질러 앉아서 꾸벅꾸벅 졸고 있었다.

자는 놈들을 죽이는 것보다 쉬운 일은 없을 것이다.

옥령이 식은 죽 먹기로 15명의 마군을 죽이고 있을 때 강도는 관리 사무소 복도에 여러 개의 방이 있는 것을 발견하고 그곳으로 가서 첫 번째 방문을 열었다.

숙직실인데 온돌 바닥에서 자고 있는 마군 10여 명을 모두 죽이고 다음 방으로 갔다.

방 3개에서 자고 있는 마군 35명을 죽이고 마지막 네 번째 방문을 열었다.

그런데 그곳에서는 뜻밖에도 마군 둘이서 홀딱 벗고 뒤엉켜서 격렬하게 섹스를 하고 있는 중이다.

마군 중대장 키세르테르와 귀매 헤르초스다.

섹스를 하는 몸동작과 신음 소리가 인간들의 그것하고는 사뭇 다르다.

맹수의 교미를 상상하면 될 것이다. 개처럼 엎드려 있는 헤르초스 뒤에서 키세르테르가 공격하는데 둘 다 낮게 으르렁 거리는 소리를 내고 있었다.

강도는 더 볼 것도 없이 키세르테르의 머리를 스캔하고는 둘 다 죽여 버렸다.

마군 커토너와 허르초시로 변신한 질풍2대원들은 2인 1조로 제너럴카운티 아파트 단지 내를 흩어져서 사냥에 나섰다.

질풍2대원들은 품속에 권총과 최소한의 개인화기를 지니고 있지만 손에는 푸슈커(Puska)라고 부르는 마군의 무기를 지니고 있다.

푸슈커는 칼과 총 둘 다 사용할 수 있는 무기다. 현 세계에는 없는 특수 합금으로 만들어서 돌이나 쇠를 두부처럼 자를 정도로 강하다.

또한 지구 내핵(內核)에서 채취한 특수 액체를 푸슈커에 한 번 장전하면 1,000발의 총알을 만들어낸다.

제너럴카운티 아파트 단지는 워낙 규모가 크기 때문에 이곳에 주둔하고 있는 마군은 약 300명으로 추산하고 있다.

본대와 떨어진 두 명의 질풍대원은 나란히 어두컴컴한 단지 내를 걸어가다가 전방의 가로등 옆 정원의 나무에 기대어 있는 두 명의 마군을 발견했다.

두 명의 마군은 무언가 서로 대화를 나누느라 질풍2대원들이 다가오고 있는 것을 알지 못했다.

질풍2대원들은 숨지도 않고 그 자리에서 서서쏴 자세로 푸슈커를 겨누었다.

투학—

푸슈커 끝에서 새빨간 광채가 번뜩이더니 대화를 나누고 있던 두 명의 마군 옆머리가 퍽! 퍽! 뚫리면서 그대로 벌렁 자빠졌다.

질풍2대원들은 그 자리에 선 채 다시 푸슈커를 한 발씩 더 발사해서 확인 사살을 했다.

이어서 재빨리 달려가서 마군들이 완전히 죽은 것을 확인한 후에 다시 전진했다.

한 시간 후.

강도는 관리 사무소에서 제너럴카운티 아파트 단지 전 세대로 방송을 내보냈다.

일반 방송이 아니라 마족어 넬브로 방송했다.

제너럴카운티 아파트 단지 내에 있는 마군들을 다 죽였는데 그 수는 236명이다.

강도는 이 정도 큰 규모의 아파트 단지라면 마군 300명쯤은 주둔하고 있을 거라고 예상했는데 그게 아니다.

또한 236명이라는 수가 아귀가 딱 맞아떨어지지 않아서 찝찝했다.

그래서 어쩌면 이 늦은 시간에 마군들이 주민들 집에 있지 않을까 해서 마군만 알아듣도록 넬브로 방송한 것이다.

마군들이 주민들 집에 있다면 주민들을 괴롭히고 있을 게 분명하다.

태청은 유창한 넬브로 전체 마군을 아파트 단지 내에서 제일 큰 광장에 집결하라고 방송했다.

원형의 커다란 광장 둘레에 가로등이 환하게 켜져 있다.

그리고 그곳으로 마군들이 하나둘씩 꾸역꾸역 모여들기 시작했다.

중대장 키세르테르의 집결 명령이기 때문에 어영부영할 놈은 없을 것이다.

강도는 20분을 기다려 주었다.

제너럴카운티가 넓다고는 하지만 20분이면 다들 기어 나올 시간으로는 충분하다.

20분 후 광장에 모인 마군은 64명이다. 죽은 236명을 더하면 정확하게 300명이다.

강도는 마군이 뚝 떨어지는 수를 좋아한다는 사실을 알고 있는데 과연 그렇다.

광장에 모인 마군 64명은 아무 의심도 하지 않고 서로 수군거리면서 얘기를 나누었다.

그때 어둠 속에서 강도의 명령이 떨어졌다.

"죽여라."

순간 광장 사방에서 시뻘건 불빛 수십 개가 번뜩였다.

투투카하악! 투하악!

광장을 멀찍이서 포위하고 있던 옥령과 태청을 비롯한 질풍 2대원들의 푸슈커가 일제히 불을 뿜었다.

퍼퍼퍼퍽!

"커흑!"

"끄윽!"

"크헉!"

광장에 모여 있던 마군들은 변변한 반항조차 하지 못하고 우수수 쓰러졌다.

30초 정도 작은북을 두드리는 소리가 요란하게 나다가 이윽고 멈추었다.

다시 고요함이 찾아들고 광장에는 64구의 마군 시체가 아무렇게나 쓰러져 있었다.

꿈틀거리고 있는 몇 놈이 보이자 질풍2대원들이 가까이 다가가서 가차 없이 푸슈커를 갈겼다.

질풍2대원들을 이끌고 있는 중대장 커토너가 강도에게 경례를 붙였다.

"끝냈습니다."

강도는 제너럴카운티 아파트 단지를 최종 점검 했다.

마군은 키세르테르를 비롯하여 300명 전원 사살되었다.

그러나 주민이 3천여 명이나 살해됐다는 충격적인 사실을 확인했다.

"3천 명이나……."

강도가 착잡하게 중얼거리자 태청이 조심스럽게 보고했다.

"주군, 가보시겠습니까?"

"어딜?"

"놈들이 시체를 아직 소각하지 않았습니다."

아파트 단지 한편의 넓은 공터에 주민들의 시체가 켜켜이 쌓여 있었다.

시체들은 아직 소각하지 않았으며 또한 썩지 않았지만 지독한 악취가 진동하고 있었다.

왼쪽 끝에서 오른쪽 끝까지 150m 길이에 시체들이 마구잡이로 쌓여 있는데 거기에서 흐른 피가 여러 갈래의 냇물을 이루어 흘렀다.

그걸 보면서 강도는 참담함에 빠졌다. 마군과 요군에 의해서 국민 수백만 명이 죽었다는 사실이 화살이 심장에 꽂히는 것처럼 실감났다.

지금부터 강도가 전력을 다해서 마군과 요군을 무찔러서 격퇴시킨다고 해도 국민 수백만 명이 처참하게 죽었다는 사실은 변하지는 않는다.

아니, 그가 마군과 요군을 무찌르는 동안 또 얼마나 많은 국민과 고수, 그리고 군인들이 죽을지 알 수가 없다.

분명한 것은 앞으로도 더 많은 사람이 죽을 것이라는 사실이다.

"빌어먹을……."

지금 강도가 할 수 있는 일은 한시라도 빨리 마군과 요군을 몰아내는 것뿐이다.

시간을 되돌리지 않는 한 이미 벌어진 일을 백지로 만들 수는 없다.

'시간을 되돌리는 것……'

강도는 속으로 생각하다가 고개를 가로저었다.

그것은 그의 능력을 한참 벗어나는 일이다.

시체들 앞에 서 있는 강도와 옥령, 태청을 비롯한 질풍2대 원들은 꽤 오랫동안 침통함에 빠져 있었다.

옥령은 제너럴카운티 아파트 단지 내 방송을 통해서 주민들에게 차근차근 상황을 설명했다.

마군들은 모두 죽었으며 이제 안심하고 다들 바깥 출입을 해도 되며, 필요한 생필품은 가까운 마트나 상점에서 구입해도 된다고 방송했다.

그러나 조금 전까지 지독한 일을 당하고 있었던 주민들은 그 말을 쉽사리 믿으려고 하지 않았다.

3,500세대 대단지 아파트에서 단지 수십 세대만 조심스럽게 불을 켰을 뿐 아무도 현관 밖으로 나오지 않았다.

그래서 결국 강도는 옥령과 태청 등 몇몇 질풍2대원을 인간의 모습으로 환원시켜서 몇 세대를 방문하도록 지시했다.

인간의 모습을 보고 그들의 설명을 듣고서야 주민들은 현관 밖으로 나왔으며, 창문으로 그 광경을 지켜본 주민들이 하나둘 경계심을 풀기 시작했다.

동이 트기 전에 강도는 부천 중동과 원미동, 심곡동, 춘의동을 탈환했다.

그 정도면 면적으로는 부천시의 절반에 달하고 인구는 80%로 중심지 거의 대부분을 되찾았다고 할 수 있다.

새벽 6시 15분.

강도는 뱀의 대가리를 자르기로 작정했다.

부천시청을 치는 것이다.

강도가 죽인 키세르테르들의 머리를 스캔한 정보에 의하면 부천시청에 마계 제40영주인 페헤르외르데그 네지벤이 있으며 부천시에 진군한 마군은 그의 군대라고 한다.

페헤르외르데그는 마계 푈드빌라그의 실질적인 권력자다.

마계 푈드빌라그는 전 세계 지하에 67개의 영지가 있으며 영지 하나가 일국(一國)과 맞먹거나 그 이상의 규모와 세력을 지니고 있는데, 페헤르외르데그는 바로 그 영지의 영주들인 것이다.

이슈텐은 신이므로 서열에서 제외하는 게 맞는데 그렇게 되면 키라이 다음 서열 2위가 페헤르외르데그다.

키라이는 군주 일족이므로 다 합쳐봐야 몇 명 되지 않지만 67명의 영주는 푈드빌라그의 실세 그 자체다.

영주들이 각자의 사병(私兵) 즉, 마군을 거느리고 있기 때문이다.

우선 부천시청의 마군 통신을 담당하는 곳을 장악하는 것이 순서다.

그래야지만 부천시청을 흠씬 두들겨 패도 다른 마군에 연락을 취하지 못할 것이다.

강도 일행이 직접 와본 부천시청에는 마군들이 득실거렸다.

키세르테르의 머리를 스캔했을 때 부천시청에 마군이 만오천 명 정도 주둔하고 있다던데 사실인 것 같았다.

강도와 옥령, 태청, 그리고 칠러그는 마군의 모습을 하고 부천시청으로 들어섰다.

부천시청은 담 없이 사방이 터져 있으며 5m 간격으로 무장한 마군들이 띄엄띄엄 지키고 서 있었다.

강도 일행이 불쑥 들어갔으나 키세르테르와 커토너의 모습을 하고 있는 그들을 마군들이 잡을 리가 없었다.

부천시청 양쪽 주차장을 제외한 잔디밭과 마당에는 수십 개의 군막들이 쳐져 있으며 그 주위에는 마군들이 모닥불을 피워놓은 채 뭘 끓이거나 웅크리고 자거나 두런거리며 대화를 하고 있다.

강도 등이 시청 건물로 걸어가고 있는데 커토너 한 명이 마주 걸어오다가 강도를 보고 오른팔을 들어서 가슴 앞에 수평으로 뻣뻣하게 눕혔다.

마군의 경례다.

강도는 고개를 끄떡여 보이고는 커토너의 정신을 잠시 제압했다.

"히러다시(Híradás:통신실)는 어디에 있느냐?"

"안내하겠습니다."

커토너는 몸을 돌려 앞장섰다.

강도는 뒤따르면서 물었다.

"여기에 주둔하고 있는 병력은 얼마나 되느냐?"

"2만 5천 명입니다."

강도가 짐작했던 것보다 훨씬 많은 병력이다.

"어디에 있느냐?"

커토너는 시청 건물과 왼쪽의 시의회 건물을 번갈아 가리켰다.

"저기와 저기, 그리고 시청 뒤 공원에서 머물고 있습니다."

시청 본관 건물 앞에는 마군 커토너 한 명과 허르초시, 헤르초스 10명이 지키고 있다가 앞서 안내하고 있는 커토너를 제지했다.

강도는 지키고 있는 지휘관 커토너의 정신을 제압했다.

커토너는 두말없이 마군들에게 물러서라고 손짓을 했다.

"여깁니다."

안내하던 커토녀가 한 곳을 가리키며 걸음을 멈추었다.

시청 방송실을 마군이 통신실로 사용하고 있으며, 문 양쪽에는 두 명의 허르초시가 지키고 서 있었다.

강도는 커토녀에게 고개를 끄떡였다.

"수고했다. 가도 좋다."

커토녀는 경례를 하고 돌아갔다.

강도는 보초 두 명의 정신을 제압하고 곧장 통신실 문을 열고 안으로 들어갔다.

통신실 안에는 마군 8명이 있으며 그중 한 명이 키세르테르고 나머지는 허르초시와 헤르초스인데 모두들 통신 시스템 앞에 앉아 있었다.

강도가 보니까 시청의 방송 장비를 마군이 자신들의 통신 시설로 사용하고 있는 것 같았다.

통신실 지휘관 키세르테르가 강도에게 다가왔다.

"무슨 일인가?"

강도는 대답 대신 키세르테르의 정신을 제압하고 이어서 마군 통신병 모두의 정신을 제압했다.

강도가 그들의 머릿속에 심어준 명령은 하나다.

부천에서 어떤 일이 벌어져도 그 내용을 상부에 보고하지 말라는 것이다.

그즈음에 부천 중동에는 2천 명의 총본 고수와 3천 명의 특전대원, 해병들이 공간 이동을 하여 집결해 있었다.

강도가 부천 시내의 마군들을 토벌하느라 바빴기 때문에 뒤늦게 도착한 고수와 특전대원, 해병들은 마군으로 변신하지 않은 모습이다.

강도는 그들 모두에게 마군의 무기 푸슈커를 지급한 후에 부천시청으로 은밀하게 집결하라고 명령했다.

그리고 그는 지금 부천시청 시장실 문을 열고 있다.

척!

강도는 거침없이 시장실 안으로 들어갔다.

들어가자마자 시장 비서실이 나왔고 긴 책상 앞에 두 명의 여마군 뇌이커토녀가 앉아서 강도 등을 쳐다보았다.

"무슨 일입니까?"

강도는 대답할 것도 없이 뇌이커토녀들의 정신을 제압했다.

죽여도 되지만 그러면 미미한 소음이라도 발생할 것 같아서 정신을 제압한 것이다.

시장실 안으로 들어간 강도는 슬쩍 미간을 좁혔다.

소파에 앉아 있던 중절모를 쓴 정장 입은 사내 한 명이 강도를 보면서 천천히 일어섰다.

"뭐냐?"

뜻밖에도 정장 사내는 질코스다. 준수한 외모에 상냥한 말투를 구사하는 마계의 살수.

'뭐냐?'라고 묻는 목소리는 부드럽고 따스했다.

강도가 정신을 제압하려는 순간 질코스가 강도를 향해 오른팔을 뻗었다.

슥—

그러나 그것뿐, 그는 공격을 하지 못했다.

만약 공격을 멈추지 않았다면 오른손에서 새카만 칼날이 뿜어졌을 것이다.

강도가 정신을 제압하는 그 짧은 순간에 이상함을 감지하고 공격을 시도하다니 과연 마계의 살수 질코스답다.

"이름이 뭐냐?"

"케제틀렌(Kegyetlen)입니다."

칠러그는 상대가 필드빌라그에서도 가장 잔인하여 군주 일족도 상종하기를 꺼려하는 질코스라는 걸 한눈에 알아봤는데 그가 강도에게 깍듯한 것을 보고 적잖이 놀랐다.

"네지벤은 어디에 있느냐?"

제40영주를 묻는 것이다.

"숙소에 계십니다."

강도는 질코스 케제틀렌의 머릿속에 있는 네지벤의 숙소

위치로 공간 이동을 했다.

스으…….

시장 공관 거실에 강도 등이 모습을 나타냈다.

질코스 케제틀렌은 시청 본관 시장실에서 시장 공관 안으로 단번에 공간 이동을 한 강도가 누구인지 단번에 알아보고 온몸이 얼어붙었다.

"디오……."

정신이 제압됐다고 해서 바보는 아니다.

그는 푈드빌라그의 신 이슈텐을 한 번도 본 적이 없지만, 이처럼 공간 이동을 밥 먹듯이 쉽게 할 수 있는 인물은 신뿐일 거라고 확신했다.

강도는 케제틀렌이 쓸데가 있을 것 같아서 데리고 왔다.

거실에는 또 다른 질코스가 한 명 지키고 있다가 강도 등이 나타난 것을 보고 두말없이 공격했다.

파아ㅡ

"끅……."

그러나 그의 오른팔에서 칼날이 나오기 전에 목이 잘라져서 둥실 허공으로 떠올랐다.

퉁… 쿵!

질코스의 머리와 몸뚱이가 바닥에 둔탁한 소리를 내면서 쓰러지는 데도 강도는 내버려 두었다.

어차피 여긴 페헤르외르데그 네지벤의 숙소이고 그를 불러
내야 하는 상황이었다.

또한 그가 어떻게 나오더라도 다 감당할 수 있기 때문에 마
음대로 행동했다.

질코스 케제틀렌은 자신의 가장 친한 동료인 질코스가 너
무도 허무하게 죽는 광경을 눈앞에서 보면서 분노보다는 경
악을 맛보았다.

잠시 후에 침실의 문이 열렸다.

딸깍…….

그리고 한 남자가 천천히 걸어 나왔다.

거실에 마군들이 모여 있으며 자신의 경호원인 질코스가
목이 잘라져서 죽어 있는 모습을 보고서도 추호의 흔들림도
없었다.

긴 가운을 걸치고 있는 그는 얼굴이 희고 준수한 용모의
북유럽 특유의 백인으로 한눈에도 페헤르외르데그라는 것을
알아볼 수 있었다.

그리고 그 뒤에는 북유럽계의 아름다운 여자가 역시 가운
을 입은 모습으로 따라 나왔다.

페헤르외르데그 네지벤은 죽은 질코스를 굽어보다가 케제
틀렌을 쳐다보았다.

"무슨 일이냐?"

네지벤은 지금 상황을 수하들의 작은 반란 정도로 여기는 것 같았다.

반란은 있을 수 없는 일이지만 그렇게밖에 생각할 수 없는 상황이다.

케제틀렌이 정중한 자세로 강도를 가리켰다.

"디오입니다."

"……."

네지벤은 그의 말을 알아들었지만 내용을 이해하지는 못한 것 같았다.

"뭐라고?"

케제틀렌은 한 자씩 끊어서 말했다.

"디. 오. 입. 니. 다."

"……."

그제야 비로소 네지벤의 얼굴에 놀라움이 설핏 떠올랐다.

그러나 그는 마군 키세르테르의 모습을 하고 있는 강도가 디오일 거라고는 믿지 않았다.

그보다는 케제틀렌이 농담을 하거나 아니면 뭔가 잘못 알고 있다는 쪽으로 생각하는 것이 훨씬 설득력이 높았다.

물론 케제틀렌이 감히 농담을 할 리가 없지만, 그 정도로 키세르테르가 디오일 거라고 생각하지 않는 것이다.

강도가 조용히 입을 열었다.

"네지벤."

"……."

강도는 질코스의 몸뚱이가 천장을 향해 누워 있는 옆의 소파에 앉아서 말을 이었다.

"너는 두 가지 중 하나를 선택할 수 있다."

네지벤의 얼굴에는 지금의 상황을 이해하려고 애쓰는 표정이 역력했다.

"내 말에 따르거나 죽는 것이다."

네지벤의 얼굴에 어이없음과 분노가 두 줄기 스쳤다.

그는 뮐드빌라그 제40영지의 영주로서 마군 60만을 이끌고 있으며 그의 영토는 대한민국, 아니, 한반도보다 5배나 더 크다.

그렇지만 네지벤이 일반 마군이나 질코스하고 다른 점은 생각이 깊고 경거망동하지 않는다는 사실이다. 페헤르외르데 그는 뮐드빌라그의 귀족이다.

"당신 말에 따른다는 것은 무슨 의미인가?"

그는 눈앞에 꼿꼿한 자세로 앉아 있는 키세르테르의 모습을 하고 있는 자가 디오일 수도 있다는 가능성을 조금쯤 열어두었다.

"말 그대로다."

"당신의 부하가 되라거나 뮐드빌라그를 배신하라는 것은

할 수 없다."

강도는 네지벤의 기개가 마음에 들었다. 그는 강도가 만났던 어느 페헤르외르데그와 비슷한 점이 있었다.

"너는 어떤 사람을 생각나게 하는구나."

"그가 누군가?"

"티젠허트라고 아느냐?"

네지벤은 움찔했다.

"그는… 어찌 됐는가?"

네지벤은 티젠허트가 죽었다는 사실을 알고 있으면서도 모르는 체하며 물었다.

"티젠허트는 내 손에 죽었다."

"아……."

네지벤은 단지 놀라는 표정을 짓는데 그 뒤에 서 있는 백인 미녀가 나직한 탄성을 토하며 크게 놀랐다.

강도는 그녀의 머리를 스캔하고 뜻밖이라는 표정을 지었다.

그녀는 강도가 청와대에서 처음 만났던 페헤르외르데그 티젠허트의 누이동생이었다.

강도는 유난히 커다란 코발트색의 눈을 지닌 그녀가 티젠허트를 닮았다는 사실을 발견했다.

"너는 티젠허트의 누이동생이로구나."

네지벤과 여자는 움찔 놀랐다.

그리고 여자는 주르르 눈물을 흘렸다.

강도는 그녀를 쳐다보았다.

"크리슈타이티스터(Kristálytiszta:영롱함), 너는 네지벤에게서 떨어져 있어라."

스으……

강도의 말과 함께 그녀의 모습이 사라지는 듯하다가 강도의 뒤쪽에 서 있는 칠러그 옆에 스르르 나타났다.

네지벤은 강도를 더 이상 디오가 아닐 것이라고 의심하지 않았다.

푈드빌라그 최상위 귀족을 남자는 페헤르외르데그라고 하며, 여자는 페헤르셉셰그(Fehérszépség:백색 미인)라고 한다.

"오빠는 어떻게 죽었죠?"

크리슈타이티스터는 강도의 뒷모습을 보면서 눈물을 흘리며 물었다.

"나하고 결투를 하다가 죽었다."

스으……

강도의 모습이 마군 키세르테르에서 본모습으로 변했다.

그의 진면목을 보고 네지벤은 움찔 놀랐다. 그가 보기에 강도는 디오가 분명했다.

네지벤은 크리슈타이티스터를 가리켰다.

"그는 내 아내요. 어째서 그쪽으로 데려간 것이오?"

"티젠허트는 자신의 영지 라프오르사그(Lápország:늪의 나라)의 백성들을 죽이지 말아달라고 부탁했었다."

"아……."

강도가 오른손을 앞으로 내밀자 갑자기 롱소드가 그의 손에 잡혔다.

"이것은 티젠허트의 이거자그(Igazság:정의)다."

오빠의 롱소드인 이거자그를 본 크리슈타이티스터는 결국 울음을 터뜨렸다.

"으흐흑흑……!"

페헤르외르데그가 죽으면 그의 분신인 롱소드는 자연히 소멸된다.

그런데 티젠허트의 롱소드 이거자그가 강도의 손에 있다는 것은 티젠허트가 그에게 주었다는 뜻이다.

그것으로서 그 당시의 상황이 어땠을지 짐작할 수 있다.

티센허트는 순전히 자의로 롱소드 이거자그를 강도에게 주었던 것이다.

스응…….

강도가 손을 거두자 이거자그가 사라졌다.

"나는 될 수 있는 한 제16영지 라프오르사그의 백성들은 죽이지 않을 생각이다."

그의 말은 크리슈타이티스터를 네지벤에게서 떼어놓은 충

분한 이유가 됐다.

네지벤은 뚫어지게 강도를 주시했다.

"당신 말에 따른다는 것은 무슨 의미입니까?"

그는 강도가 디오라고 확신했기에 언행이 크게 달라졌다.

어쨌든 디오는 쾰드빌라그의 신 이슈텐과 같은 레벨이기 때문이다.

"군대를 거두고 부천시에서 물러가라. 그러면 너와 네 영지의 백성들을 죽이지 않겠다."

네지벤은 강도가 죽인 티젠허트의 친구였다.

그래서 티젠허트의 누이동생인 크리슈타이티스터와 결혼을 한 것이다.

그렇지만 그는 제60영지의 영주로서 그리고 쾰드빌라그의 군주인 너지키라이의 신하로서 왕명을 어기고 이대로 물러갈 수는 없다는 심정이다.

그는 복잡한 표정을 지었다.

"당신의 말은 당신이 우리 쾰드빌라그를 능히 물리칠 수 있다는 뜻입니까?"

"물론이다."

"우리에겐 이슈텐이 계십니다."

"이슈텐은 내 상대가 되지 못한다. 예전에도 그는 나에게 번번이 패해서 도망쳤었다."

네지벤은 고개를 세차게 흔들었다.

"믿을 수 없습니다."

"나는 지금 당장 너의 정신을 제압해서 내 부하로 만들 수 있다."

네지벤은 움찔했지만 그래도 물러서지 않았다.

"그렇게 하십시오. 그렇더라도 제가 자진해서 굴복한 것은 아닙니다."

강도는 네지벤이 자발적으로 무릎을 꿇는 모습이 보고 싶어졌다.

"어떻게 해야 굴복하겠느냐?"

"당신이 이슈텐펠세그(Felség:존엄)보다 월등하다는 사실을 입증해 주십시오."

강도는 잠시 가만히 있다가 나직이 말했다.

"페르다우의 신이 누구냐?"

"뭄바라고 알고 있습니다."

"그녀를 이곳으로 부르겠다."

"아……"

네지벤과 케제틀렌, 크리슈타이티스터는 깜짝 놀랐다.

"뭄바는 내 아내가 됐다. 나와 그녀가 연합한다면 이슈텐을 없애는 것은 간단하지 않겠느냐?"

네지벤은 굳은 표정을 지었다.

"이슈텐펠세그께서 디오와 뭄바의 연합을 이길 수는 없을 것입니다."

스으…….

그때 강도와 네지벤 사이의 공간에 흐릿한 빛 무리가 생기는가 싶더니 곧이어 파라마누가 나타났다.

파라마누는 강도를 보더니 반가운 표정을 지으며 다가왔다.

"카르만."

강도는 앉은 채 그녀에게 말했다.

"이들이 그대를 보고 싶어 하는군."

파라마누는 네지벤 등을 둘러보았다.

"이들은 퓔드엠베르잖아?"

"그래."

파라마누는 네지벤의 생각을 읽고 그를 똑바로 쳐다보았다.

"네지벤, 내가 누구라고 생각하느냐?"

네지벤은 이슈텐은 물론 삼신을 한 번도 본 적이 없지만 파라마누를 보는 순간 그녀가 페르다우의 신 뭄바일 것이라고 확신했다.

그녀에게서는 거스를 수 없는 아우라가 뿜어지고 있었다.

"너를 이해시키는 데 나까지 나서야 되느냐?"

네지벤은 움찔했다.

파라마누는 강도 옆에 앉아서 그를 꾸짖었다.

"너희들이 이렇게 서로 물어뜯으면서 싸울 줄 알았으면 디오는 애초에 인간 같은 걸 만들지 않았을 것이다."

네지벤과 크리슈타이티스터, 질코스 케제틀렌은 크게 놀라는 표정을 지었다.

"디오께서 저희를 만드셨습니까……?"

네지벤의 목소리가 떨렸다.

파라마누의 목소리가 더 차가워졌다.

"최초에 디오가 인간들을 만들었고 그 후에 나와 이슈텐이 디오에게서 인간들을 빼돌려서 페르다우와 묄드빌라그로 숨어들었지."

"아…….."

"이제 나는 지난 잘못을 뉘우치고 디오의 아내가 되었다."

파라마누는 과거의 일들을 네지벤 머릿속에 심어주었다.

네지벤은 부들부들 떨다가 이윽고 그 자리에 무릎을 꿇고 이마를 바닥에 댔다.

"디오펠세그시여, 무조건 복종합니다."

케제틀렌과 크리슈타이티스터도 네지벤 뒤에서 부복했다.

강도는 조용한 목소리로 말했다.

"네지벤, 영지로 돌아가라."

네지벤은 고개를 들고 황송하게 강도를 바라보았다.

"디오펠세그를 위하여 싸우겠습니다."

그는 디오가 뮐드빌라그와 페르다우, 현 세계 삼계(三界)를 모두 위해서 애쓰고 있다는 사실을 알게 되었다.

강도는 고개를 가로저었다.

"네 영지로 돌아가서 백성들을 위하라."

"아닙니다. 디오펠세그 편에서 싸우겠습니다!"

네지벤은 강하게 항변했다.

강도는 잠시 생각하다가 말했다.

"그렇다면 하롬을 만나라."

네지벤은 깜짝 놀랐다.

"하롬키치키라이우르를 말씀하십니까?"

"그렇다."

"하롬우르께서 디오펠세그의 사람입니까?"

"그렇다."

"아……."

네지벤은 조심스럽게 말했다.

"하롬우르께선 쾨즈폰트(Központ:중앙) 섹헤이에 계십니다."

"거긴 어디냐?"

"이번에 진출한 동방의 17개 섹헤이를 총괄하는 곳이 쾨즈폰트섹헤이며 하롬우르께서 퍼런치노크(Parancsnok:사령관)입니다."

"마쇼디크도 왔느냐?"

네지벤은 강도가 모르는 게 없다는 생각이 들었다.

"그렇습니다. 마쇼디크우르는 푀퍼런치노크(Főparancsnok:총사령관)입니다."

지난번에 강도는 마쇼디크의 정신을 제압해서 보냈는데 아마 이슈텐이 그의 정신을 자유롭게 해주었을 것이다.

"푈드빌라그의 군대가 얼마나 왔느냐?"

"500만입니다."

"음⋯⋯."

강도의 입에서 나직한 신음 소리가 저절로 나왔다.

제41장
치킨 게임

그는 묻고 듣는 게 귀찮아서 네지벤의 머릿속을 깡그리 스캔했다. 그러나 네지벤은 자신의 제40영지에 대한 것만 알고 있을 뿐이지 깊이 있는 정보는 갖고 있지 않았다.

필드빌라그의 목적이 대한민국을 점령하는 것이라고 보기에는 그들이 동원한 500만 마군이 지나치게 많다.

'동북아시아를 한꺼번에 삼키려는 것인가?'

대한민국 하나가 아니라 중국과 일본까지 집어삼키려는 것이라면 얘기가 된다.

하롬을 만나면 더 자세한 내용을 알 수 있을 것이다.

또한 하롬이 언제까지나 강도 편이라고 믿는 것은 어설픈 생각이다.

하롬의 근본적인 신념은 쮈드빌라그의 평화이기 때문에 그 걸 위해서라면 언제라도 강도에게서 등을 돌릴 수 있음을 염 두에 둬야 한다.

"네지벤, 네가 하롬을 만나야 할 일이 있다."

"말씀하십시오."

강도는 허공으로 손을 뻗어 뭔가를 끌어당기더니 손안에 움켜잡는 시늉을 했다.

그러고는 공기 속에 있는 물질들 중에서 필요한 원소를 응 축해서 만든 납작하고 동그란 손톱 크기의 갈색 물체를 내밀 었다.

"이것을 하롬에게 주고 몸 어느 곳에 붙이라고 일러라. 그럼 하롬이 있는 위치를 알게 되고 또 나하고 통신을 할 수 있을 것이다."

"저도 주십시오."

네지벤이 공손히 말하자 크리슈타이티스터도 얼른 두 손을 내밀었다.

"저도 주시면 안 될까요?"

강도는 통신 좌표용 갈색 물체 2개를 만들어서 네지벤과 크리슈타이티스터에게 주었다.

"하롬을 만나면 칠러그가 나하고 있다고 전해라."

"그게 무슨……."

네지벤과 크리슈타이티스터는 깜짝 놀랐다. 두 사람은 펠드빌라그 최고의 석학 중에 한 명이며 최고 미인으로 소문난 칠러그가 누군지 잘 알고 있었다.

강도는 칠러그를 본래의 모습으로 환원시켰다.

강도 뒤에 서서 더할 수 없는 아름다움을 흩뿌리고 있는 칠러그를 본 네지벤과 크리슈타이티스터는 눈을 커다랗게 뜨며 경악했다.

"아아……."

칠러그가 강도 곁에 있다는 것을 하롬이 알면 쉽사리 배신하지는 못할 것이다.

네지벤은 강도에게 두 가지 사실을 더 알려주었다.

하나는 서울에 진군한 총사령관 마쇼디크는 최종적으로 현 세계 인간들을 한 명도 남기지 말고 깡그리 죽이라고 명령했다는 것이다.

마군은 침공하는 과정에 서울과 경기도, 충청도의 국민 수백만 명을 죽였지만 그건 시작에 불과하다.

지금은 이용 가치와 대규모 소요가 일어날 것을 우려해서 현 세계 인간들을 살려두고 있지만 점령이 완료됐다고 판단하는 순간 모두 학살할 것이다.

또 하나는 마쇼디크가 이슈텐과 함께 있다고 한다.

마쇼디크는 신의 대리인으로 임명되어 아버지 너지키라이보다 더 강력한 권력을 휘두른다는 것이다.

마쇼디크는 서울에 있다고 하는데 그가 이슈텐과 같이 있다면 쉽사리 공략할 수 없다.

다음 날 아침에 네지벤은 부천에 진군했던 마군 전체를 이끌고 지하로 돌아갔다.

그는 마쇼디크가 이끄는 침략군 어그레시오(Agresszió)를 이탈하여 자신의 영지로 돌아갈 것이다.

강도는 네지벤을 비롯한 마군이 지하로 돌아간 통로 아차로(átjáró)라고 하는 것이 부천 중앙공원 내의 얼음 썰매장이라는 사실을 알게 되었다.

강도는 인천 지역을 탈환하기 위해서 쉬운 방법을 선택하기로 마음먹었다.

즉, 인천 지역을 장악하고 있는 마군 지휘관 페헤르외르데그를 직접 만나서 설득하든가 그게 아니면 정신을 제압하여 회군시키는 방법을 쓰기로 했다.

네지벤은 인천 지역 페헤르외르데그가 자신과 친하다면서 그에 대해서 이것저것 알려주었다.

직할시인 인천에는 마군 8만 명이 진군했으며 시간이 지날수록 점점 더 많아지고 있다는 것이다.

마계 인천 지역 지휘관은 페헤르외르데그 제31영주 허르민체지(Harmincegy)다.

그런데 문제가 생겼다.

허르민체지라는 놈이 설득을 당하지도 않고 굴복도 하지 않았다. 게다가 어떻게 된 일인지 최후의 방법인 정신을 제압하는 것조차 되지 않았다.

강도가 파라마누하고 힘을 합쳐서 허르민체지의 정신을 제압하려는데 고통이 극에 달해서 코와 입에서 피를 쏟으면서도 끝내 제압당하지 않았다.

허르민체지의 정신을 제압하지 못하면 인천에 주둔하고 있는 마군 8만 명을 힘으로 몰아내야만 했다.

허르민체지의 명령 한 마디면 마군 8만 명을 철수시킬 수 있는데 그게 되지 않았다.

마군으로 변신한 칠러그와 옥령, 태청 등은 착잡하게 그 광경을 지켜보았다.

허르민체지를 경호하는 질코스는 강도에게 정신이 제압당해서 무표정한 얼굴로 허르민체지를 지켜보기만 했다.

결국 강도는 허르민체지의 정신을 제압하려는 것을 그만두었다.

파라마누마저 그만두자 허르민체지는 몸을 부들부들 떨면서 바닥에 축 늘어졌다.

"이놈 이상해."

파라마누가 고개를 갸웃거렸다.

강도는 씁쓸하게 중얼거렸다.

"이놈한테 결계를 걸어둔 것 같아."

"이슈텐이?"

"이슈텐과 일루미나티가."

"아……."

파라마누는 깜짝 놀랐다.

"페헤르들에게 결계를 걸어둔 게 분명해."

"그렇다면 아까 부천의 네지벤도 정신을 제압할 수 없었을 것 아냐?"

"그렇지."

이슈텐 혼자 페헤르외르데그들에게 결계를 걸었다면 강도와 파라마누가 충분히 풀 수 있었다.

하지만 일루미나티 즉, 파라마누의 능력 에찌가 가세했다면 강도와 파라마누로서는 결계를 풀지 못한다.

파라마누는 눈살을 찌푸렸다.

"이제 어쩌지?"

강도는 떨림을 멈추고 멍한 얼굴로 누워 있는 허르민체지를 쳐다보았다.

"마지막 방법을 써봐야지."

"뭔데?"

강도는 대답 대신 행동을 했다.

스으……

그는 손도 대지 않고 허르민체지를 일으켰다.

허르민체지는 선 자세에서 손가락 하나 까딱하지 못했다.

"굴복하지 않으면 죽이겠다."

죽음으로 협박하는 것이 강도의 마지막 방법이다.

그런데도 듣지 않으면 어쩔 수 없다.

"어떻게 하겠느냐?"

허르민체지는 일그러진 얼굴로 중얼거렸다.

"죽이시오."

마음대로 하라는 듯 지그시 눈을 감는 허르민체지를 보면서 강도는 씁쓸한 표정으로 고개를 끄떡였다.

"좋은 기개다."

퍼억!

허르민체지의 머리가 그대로 박살 났다.

픽!

강도는 질코스마저 머리를 박살 내서 죽여 버리고 그 자리를 떠났다.

부천시는 완전히 탈환됐다.

대한민국 특전사와 해병대, 그리고 기계화 부대와 육군이 김포에서 인천 계양구의 마군 저지선을 짓밟으면서 부천으로 진군했다.

아침 9시가 됐을 때에는 대한민국 군 병력이 부천시 외곽에 방어벽을 완벽하게 구축하여 마군은 얼씬도 하지 못했다.

부천집에 유빈과 가족을 구하러 왔었던 강도는 원래 계획에도 없던 부천시를 탈환하게 됐지만 그것으로 만족할 수가 없었다.

강원도청에 있던 총본은 부천시청으로 옮겨왔다.

총본을 옮겨온 이유는 부천에서 한발도 물러나지 않겠다는 결사 항전의 의지다.

유빈과 가족들은 그냥 춘천에 머물도록 했다.

강도는 이 층 휴게실 창가에 앉아서 아까부터 깊은 생각에 잠겨 있다.

"주군, 드릴 말씀이 있습니다."

천룡이 다가와서 조심스럽게 말했다.

"뭐냐?"

"영종도 호텔에 있는 시스템을 이곳으로 옮겨올 수 있겠습니까?"

그건 강도로서도 생각해 보지 않은 일이다.

"시스템을 옮겨올 수 있으면 주군이 계시지 않아도 공간, 시간 이동을 할 수 있습니다."

"그런가?"

강도는 머리가 밝아지는 것을 느꼈다.

"총본 시스템이 시간 이동을 할 수 있다는 사실을 잊고 있었구나."

"무림에서 수하들을 데리고 오려면 한 번에 30명 안으로는 가능합니다."

강도가 시스템과 협력해서 시간 이동을 하면 한 번에 천 명까지 할 수 있지만 시스템만으로는 30명이 한계다.

강도는 벌떡 일어섰다.

"가보자. 팀을 꾸려라."

강도는 파라마누와 옥령, 태청, 천룡, 그리고 시스템 전문요원 4명과 함께 영종도 라이징호텔 맨 꼭대기 42층으로 공간 이동을 했다.

스우…….

강도 등이 갑자기 나타나자 42층 사령실에 있던 수십 명의 마군들과 몇 명의 현 세계 사람들은 어리둥절했다.

비유웃!

강도에게서 번쩍! 하고 초절강기가 뿜어졌다가 그게 수십 가닥으로 쪼개져서 쏘아갔다.

퍼퍼어어억!

사령탑 곳곳에서 이불 두드리는 소리가 터졌다.

그러고는 머리가 박살 나서 즉사한 마군 36명이 앞다투어 쓰러졌다.

쿠쿠쿠쿵!

42층 사령실에는 마군이 정확하게 36명이 있었는데 강도가 한 방에 모두 죽여 버렸다.

사령실에 있는 현 세계 인간들은 마군이 끌고 온 영상, 통신 기술자들이다.

사령실에 설치되어 있는 시스템이 무엇인지 알아내고, 또 그것을 작동해 보라고 데려온 것이다.

기술자들은 마군들이 갑자기 머리가 박살 나서 모조리 쓰러지자 입에 거품을 물 정도로 혼비백산했다.

"옮기자."

"잠시 기다리십시오. 속하들이 시스템을 옮길 수 있도록 뜯어내겠습니다."

천룡이 전문요원들과 함께 시스템으로 달려가는 것을 보고 강도가 고개를 저었다.

"놔둬라. 사령실을 통째로 옮기겠다."

"네에?"

웬만해서는 놀라지 않는 천룡이지만 강도의 말에는 경악하고 말았다.

강도는 파라마누를 쳐다보았다.

"할 수 있겠지?"

"해보지."

강도와 파라마누는 나란히 서서 넓은 실내를 천천히 둘러보았다.

"모두 중앙으로 들어와라."

강도의 말에 수하들은 안쪽으로 모이면서 마군이 데리고 온 기술자들도 이끌었다.

강도와 파라마누는 두 손을 들어 은은한 금빛 광선을 쏘아내서 실내의 테두리에 선을 그었다. 공간 이동을 할 한계를 정하는 것이다.

금빛 광선으로 실내 테두리를 한 바퀴 긋고 나서 강도가 짧게 중얼거렸다.

"간다."

강도와 파라마누는 마음속으로 부천시청의 좌표를 정하고 일제히 젠을 뿜어냈다.

파아아앗— 비유우움—

사령실 실내 전체가 회색에서 흰색으로 변하더니 눈부신 섬광이 가득차면서 기술자들의 비명 소리가 들렸다.

"아아앗!"

후우우우…….

부천시청 강당의 우측 빈곳에 느닷없이 거대한 물체가 나타나더니 꽉 들어찼다.

강도와 파라마누를 비롯한 라이징호텔의 사령실이 통째로 공간 이동하여 옮겨진 것이다.

원래 강당에 있던 강도의 측근들은 시스템이 들어설 자리를 비워두고 한쪽으로 물러나 있다가 갑자기 나타난 사령실에 혼비백산했다.

사령실과 같이 온 천룡은 즉시 수하들을 지휘하여 시스템 안착과 점검에 나섰다.

강도는 시청 본관 건물 3층의 한적하고 텅 빈 방에 혼자 창가에 앉아서 밖을 바라보며 깊은 생각에 잠겨 있었다.

이것저것 궁리를 거듭하지만 지금 상황을 어떻게 해결해야 할지 해결책이 나오지 않았다.

뱀을 죽이려면 머리를 잘라야 하는데 머리에 해당하는 마쇼디크는 이슈텐과 같이 있다는 것이다. 그렇다면 거기에 일루미나티도 있다고 봐야 한다.

강도와 파라마누가 이슈텐과 일루미나티를 한꺼번에 상대하는 것은 어리석은 행동이다.

강도는 파라마누를 살리려고 자신의 젠 절반을 그녀에게 주었기 때문에 그와 파라마누를 합쳐야지만 완전체가 된다.

아니, 정확하게 말해서 완전체가 10이라고 한다면 강도와 파라마누는 둘이 합쳐서 13 정도의 전력을 갖고 있다.

그렇지만 이슈텐과 일루미나티는 최소한 17이고 최대치는 18쯤 될 것이다.

거기에 요계의 새로운 여신 주아가 있다. 그녀가 어느 정도 위력을 지니고 있는지는 모르지만 전성기의 파라마누 정도는 될 것이다.

저쪽에는 이슈텐과 일루미나티, 주아가 있고 이쪽에는 강도와 파라마누다.

정면 대결로는 승리를 10%도 자신할 수 없는 상황이었다.

딸깍······.

그때 문이 열리고 파라마누가 들어왔다.

그녀는 강도가 생각을 끝내기를 기다렸지만 2시간이 넘도록 나오지 않자 직접 만나러 왔다.

그렇지만 강도는 그녀를 쳐다보지도 않은 채 창밖에 시선을 고정시키고 있다.

"카르만."

파라마누는 가까이 다가와서 강도 옆에 앉아서 그의 어깨에 손을 얹고 다정하게 말했다.

"이제 그만해."

강도가 창밖에서 시선을 거두어 자신을 쳐다보자 파라마누는 그에게 부드럽게 입맞춤을 했다.

"우리 헤이든에 돌아가자."

파라마누는 강도의 뺨을 쓰다듬으며 속삭였다.

"여긴 내버려 두고 고향으로 가는 거야."

강도, 아니, 디오는 마음이 크게 흔들렸다.

그래. 고향 헤이든으로 돌아가는 방법도 있었다. 그걸 잊고 있었다. 헤이든으로 돌아가면 모든 게 끝이다.

"지구에 미련 있는 거 알아."

"지구가 아냐. 인간들이 불쌍해서 그런 거지."

강도는 태청에게 담배를 갖고 오라고 시켰다. 가슴이 답답할 때는 담배가 당겼다.

"우리가 이대로 떠나 버리면 현 세계 인간들은 전멸하고 말 거야."

"인간들은 그렇게 약하지 않아."

"마계와 요계에 비하면 약해."

"그건 그렇지."

파라마누는 어떻게 해서든지 디오와 함께 헤이든으로 돌아가고 싶은 마음뿐이다.

"우리가 지구를 제대로 정리하려면 시일이 걸릴 거야. 난 그걸 못 참겠어."

강도는 자신이 오랫동안 생각했던 것을 얘기했다.

"다 데리고 가자."

파라마누는 눈을 크게 떴다.

"차그라를?"

이슈텐의 헤이든 이름이 차그라다.

"차그라와 일루미나티, 주아까지 모두 헤이든으로 데리고 가자. 그래야 지구가 깨끗해지지."

파라마누는 놀란 얼굴로 강도를 바라보면서 잠시 아무 말도 하지 않았다.

"헤이든인은 헤이든으로 가고 지구는 지구인들끼리 해결하게 놔두는 거야."

파라마누는 커다란 눈을 깜빡거렸다.

"어떻게 그렇게 할 수 있지?"

강도는 디오의 그런 말을 들으면서 그럴 경우 자신이 마계와 요계를 대적할 수 있을지 생각해 보았다.

이슈텐과 일루미나티, 주아가 없다고 해도 마계와 요계는 여전히 막강한 위력을 지니고 있을 것이다.

마계는 언제든지 화산 폭발과 지진을 일으킬 수 있으며 요계는 해일을 만들어낼 수 있기 때문이다.

더구나 마계와 요계의 용사들은 일당백이다.

현 세계가 마계와 요계보다 우수한 것은 무기와 장비다.

그러니까 화산 폭발과 지진, 해일을 막을 수 있다면 마계, 요계하고 한번 해볼 만하다는 생각이 들었다.

디오가 파라마누하고 헤이든으로 가는 것을 강도가 막을 수는 없을 것 같다. 그들이 가겠다고 작정하면 강도가 무슨 수로 막겠는가.

다만 디오가 파라마누하고 단둘이 헤이든으로 떠나지 않고 다 데리고 떠나기만을 바랄 뿐이었다.

디오와 파라마누가 이슈텐과 일루미나티, 주아를 지구에 남겨둔 채 떠난다면 그것으로 현 세계는 끝장이다.

그나마 디오가 이슈텐 등을 헤이든으로 데리고 가려고 결심한 것이 고마울 따름이다.

"방법이 하나 있어."

"뭔데?"

"부루티탄."

파라마누는 눈을 커다랗게 떴다.

"지구식으로 말하면 그건 원격 플라즈마포잖아. 그걸로 어떻게 한다는 거지? 지구를 박살 내겠다는 거야? 그거 한 방이면 지구는 산산조각 날 거야."

"부루티탄을 역으로 작동시키는 거야. 발사하는 게 아니라 표적을 조준해서 흡수하는 거야. 그러면 그들을 모크샤로 빨아들여서 수면 캡슐에 가둘 수 있어."

파라마누는 미간을 찌푸렸다.

"부루티탄은 우주에서만 발사할 수 있어. 그리고 모크샤에 있는 연료로는 딱 한 번밖에 사용할 수 없을 거야. 그런데 그들을 어떻게 다 모크샤로 빨아들인다는 거지? 그들이 모여 있어야 하잖아."

강도는 진지하게 말했다.

"그래. 모두 한자리에 모아야지. 그리고 그 위치에 정확하게 부루티탄을 역추진으로 발사하는 거야."

파라마누는 고개를 가로저었다.

"어떻게 그들을 한자리에 모을 수 있겠어? 그리고 부루티탄이 조금이라도 빗나가서도 안 돼."

강도는 파라마누의 손을 잡았다.

"파라마누, 당신이 해줘야겠어."

예기치 않았지만 일단 얘기가 나오니까 걷잡을 수 없이 진도가 나갔다.

"내가 모두를 한자리에 모을 테니까 당신이 모크샤를 몰고 우주에서 부루티탄을 발사해 줘."

파라마누는 난색을 지었다.

"나는 부루티탄을 쏴본 적이 없어."

"방법은 알잖아."

"알긴 하지만……."

"내가 그들을 유인해야지. 그럼 당신이 할 거야?"

"그건 더 못 해."

강도는 돌아버릴 것만 같았다.

자신이 디오로서 부루티탄을 발사해 이슈텐 등을 빨아들이자고 말했지만 다른 한편으로는 삼신이 다 떠난 후에는 어떻게 해야 할지 갈피를 잡지 못했다.

그렇지만 지금 강도로선 지켜볼 수밖에 도리가 없다.

강도는 파라마누의 두 손을 잡았다.

"내 말 잘 들어."

파라마누는 아름다운 눈으로 강도를 말끄러미 바라보았다.

"모크샤에 가서 헤이든으로 진로를 맞춰놔. 그리고 내가 신호를 보내면 비행을 시작하고 두 번째 신호를 보내면 부루티탄을 발사하는 거야."

"아아… 카르만, 나는……."

강도는 파라마누의 두 손을 잡은 손에 힘을 주었다.

"그래야지만 헤이든에 갈 수 있어. 나는 지구를 이대로 놔두고는 절대 못 떠나."

파라마누는 강도의 뜻을 알고 또 이해하지만 아무리 생각해도 자신이 없었다.

"카르만, 이번에 모크샤를 한번 기동시키면 멈출 수 없다는 사실은 알고 있지?"

"알아."

"그러니까 목적지를 헤이든으로 정해놓으면 지구를 출발해서 태양계 내에서 워프를 할 때까지 멈추지 못해. 워프를 하기 전에 우린 수면에 들어가야 하고……."

그녀는 울 것 같은 표정을 지었다.

"빛의 속도로 날아가는 모크샤에서 당신이 있는 지구로 부루티탄을 단 한 번 발사해서 명중시켜야 하는데… 아아… 나는 절대로 못 해. 당신을 잃으면 나는……."

그녀로서는 겁에 질릴 만하다. 단 한 번의 기회를 성공시키지 못하면 그녀 혼자 모크샤에 탄 채 헤이든까지 가야만 했다.

모크샤는 한 번 항로를 정해놓으면 중간에 수정할 수 없도록 해놨기 때문이다.

카르만이 없는 헤이든이라는 것은 상상하는 것조차도 겁나는 일이다.

"카르만, 제발… 그냥 우리 둘이서만 가자. 응?"

파라마누는 애원했다. 자신의 애원이 먹혀들지 않는다는

것을 알면서도 지금은 그것밖에 할 게 없다.

강도는 착잡한 표정을 지었다.

"나도 그러고 싶은데 그게 잘 안 돼."

"그냥 눈 한번 질끈 감으면 되잖아."

강도는 잠시 가만히 있다가 조용히 말했다.

"파라마누, 너는 눈 한번 질끈 감으면 날 잊을 수 있겠어?"

파라마누는 말문이 막혔다.

강도는 파라마누와 단둘이서 부천에 있는 자신의 아파트에 갔다.

유빈과 가족들이 없는 아파트는 텅 비어 있었다.

강도는 떨어져 나간 현관문을 도로 붙여서 달고 파라마누를 데리고 자신의 방으로 들어갔다.

잠시 후에 두 사람은 옷을 모두 벗고 침대에 나란히 누웠다.

이들은 어쩌면 영영 만나지 못할지도 모르는 이별을 앞두고 마지막 의식을 치르려고 한다.

파라마누는 모크샤를 타고 지구 밖의 우주를 비행하다가 부루티탄을 발사하여 강도를 비롯하여 이슈텐과 일루미나티, 주아를 모크샤로 흡수해야 하는데 그것이 실패하면 두 사람은 죽을 때까지 만나지 못하게 된다.

또한 강도는 미리 정해진 시간 안에 정해놓은 장소에 이슈텐과 일루미나티, 주아를 모아놓고 자신도 그곳에 함께 있어야 한다.

그중에 하나라도 모이지 못하면 강도는 가지 않을 생각이다. 지구에 그들 중 하나라도 남겨두고 떠나는 것은 죄악이라고 생각하기 때문이다.

강도가 뿌렸으므로 거두어야 한다. 그런 것도 있지만 강도는, 아니, 디오는 인간들을 사랑하고 있었다.

파라마누는 활활 불타올랐다.

그녀는 강도하고 영원히 헤어지기라도 하는 것처럼 섹스를 하면서도 엉엉 울었다.

"한 번만 더해줘… 부탁이야……."

강도는 그만하자는 말을 하지 못했다.

그는 파라마누가 해달라는 대로 다 해주었다.

이 침대가 유빈과 함께 사랑을 나누었던 곳이라는 사실도 까맣게 망각했다.

지금 강도가 사랑하는 여자는 오직 한 명 파라마누뿐이기 때문이다.

강도는 파라마누를 강원도 모크샤가 있는 곳으로 떠나보내고 나서 부천시청 소회의실에 측근들을 모았다.

옥령과 천룡을 비롯한 태청과 질풍대 각 팀장들, 삼맹의 부맹주들, 무림의 오도지존, 음브웨와 요계에서 강도의 여종이 된 라이니카까지 모였다.

회의실의 직사각형 커다란 책상 앞에 모두들 긴장한 표정으로 앉아서 상석의 강도를 주시하고 있다.

강도는 이들에게 자신이 파라마누와 실행하게 될 계획에 대해서 설명하려고 했다.

아니, 그건 설명이 아니라 일방적인 통보나 다름이 없었다.

여기에 있는 사람들이 붙잡는다고 해서 계획을 취소하거나 변경할 생각은 추호도 없었다.

강도는 그런 중요한 내용을 이들의 머릿속에 주입하지 않고 자신의 입으로 직접 말하고 싶었다.

"모두 잘 들어라."

강도가 첫마디를 꺼내자 모두들 호흡마저도 멈추었다.

"나는 고향에 돌아가기로 결정했다."

모두들 움찔 놀랐으나 그의 말을 알아들은 사람은 한 명도 없었다.

다들 강도의 고향이 어딘지만 분주하게 생각할 따름이다.

"내 고향별 헤이든은 다른 우주에 존재한다."

측근들은 강도, 아니, 디오가 지구에서는 신이며 또 다른 행성에서 온 외계인이라는 사실을 알고 있다.

하지만 강도가 너무도 인간적이라서 그런 사실을 알고는 있지만 반신반의하고 있었다.

그래서 방금 강도가 한 말에 모두들 의아한 표정을 지었다.

강도가 외계인이라는 사실마저도 반신반의하고 있는데 자신이 '다른 우주'에서 왔다고 말했기 때문이다.

모두들 눈도 깜빡이지 않고 강도를 주시하는 가운데 그의 말이 이어졌다.

"다들 알고 있겠지만 오래전부터 지구에 있던 삼신 즉, 나와 디오 뭄바는 같은 고향 헤이든에서 왔다."

아직 본론이 나오지 않았지만 모두들 강도가 핵폭탄 같은 발언을 할 것이라는 예상에 식은땀을 흘렸다.

"너희가 사는 우주만 있는 것이 아니다. 행성과 항성과 은하계가 수없이 많은 것처럼 우주도 수없이 많다. 이 우주는 그중에 하나일 뿐이다."

강도는 고개를 가로저었다.

"그게 중요한 것이 아니다. 내가 너희들 곁을 떠나 고향별 헤이든으로 간다는 사실이 중요하다."

"주군······."

"주, 주군!"

측근들은 심장이 덜컥 내려앉은 표정으로 우르르 자리에서 일어났다.

"끝까지 들어라."

강도는 조용해지기를 기다렸다가 말을 이었다.

"나 혼자가 아니라 삼신 모두를 데리고 떠날 계획이다. 우리가 떠나고 나면 지구에는 인간들만 남게 될 것이다."

강도는 자신의 계획에 대해서 설명했다.

설명을 다 듣고 난 현천자가 착잡한 표정으로 조심스럽게 말문을 열었다.

"주군, 그런 방법밖에 없습니까? 지금처럼 주군께서 속하들을 이끌고 마계와 요계를 물리칠 수는 없는 겁니까?"

강도는 씁쓸한 표정을 지었다.

"상대가 너무 강하기 때문에 힘으로는 이길 수 없다. 이슈텐과 일루미나티, 주아가 사라져야만 너희들이 마계, 요계와 싸워서 이길 가능성이라도 있는 것이다. 그러자면 내가 그들을 데리고 헤이든으로 돌아가는 방법밖에 없다."

옥령이 울부짖었다.

"우우욱……! 속하들은 주군께서 떠나시는 게 싫은 거예요! 그걸 모르시겠어요?"

"내가 떠나야지만 너희들이 살 수 있다. 그렇다면 내가 여기에 남아서 다 함께 죽겠느냐?"

"그런 거 말고 뭔가 다른 방법이 있을 거예요! 가지 마세요! 주군! 으흐흑!"

"옥령!"

강도는 나직하지만 쩌렁하게 꾸짖었다.

"어린애처럼 굴 테냐?"

"<u>으흐흐흑……!</u>"

울고 있는 건 옥령만이 아니다. 음브웨, 라이니카, 아니, 여기에 있는 모두들 굵은 눈물을 뚝뚝 흘리고 있었다.

강도는 손바닥으로 테이블을 가볍게 내려쳤다.

탕!

"나는 지금 너희들하고 의논하는 게 아냐! 통보를 하고 있다는 말이다! 알겠느냐?"

질풍대 제5팀장 자미룡이 손등으로 눈물을 닦고 울먹이며 물었다.

"그럼 우린 마계, 요계하고 어떻게 싸우죠? 앞으로는 누가 우리를 이끌 건가요?"

강도는 가볍게 흠칫했다.

그는 막 한 가지 사실을 깨달았다. 헤이든에 가는 것은 디오이지 자신이 아니라는 사실이다.

그는 자신이 강도이면서 동시에 디오라는 사실에 너무 깊이 빠져 있어서 자신이 헤이든에 간다고 착각하고 있었다.

"나는 가지 않는다."

그의 조용한 말에 장내가 고요해졌다.

강도는 엷은 미소를 지으며 말을 이었다.

"디오가 가는 거고 나 이강도는 지구에 남는다."

"아아……."

"정말입니까?"

"아아… 십년감수했습니다……!"

모두들 반신반의하고 기뻐하면서 강도를 바라보았다.

강도는 빙그레 미소 지었다.

"이강도와 디오가 하나로 지내다 보니까 나조차도 망각하고 있었다. 다시 말하겠다. 나 이강도는 지구에 남는다."

강도가 부천시청의 자신의 방에 혼자 있는데 문이 벌컥 열리더니 옥령이 들어왔다.

"뭐지?"

옥령은 조금 전에 하도 울어서 빨개진 눈으로 강도에게 다가와서 눈을 흘겼다.

"주군 때문에 지옥에 다녀온 기분이에요."

"그랬어?"

옥령은 앉아 있는 강도 옆에 섰다.

"앞으로는 모두에게 하실 말씀이 있으면 먼저 저한테 해주실 수 있나요?"

"어째서?"

"그래야지만 오늘 같은 실수를 하지 않으실 거 아닌가요?"

강도는 빙그레 미소 지으며 고개를 끄떡였다.

"알았어."

"이제 뭘 하실 건가요?"

"모크샤에 가서 파라마누를 만나서 최종 점검을 할 거야."

"모크샤는 뭐고 파라마누는 누구죠?"

강도는 미간을 좁혔다.

"그것까지 말해야 돼?"

"아까 같은 실수를 하지 않으시려면 말씀하셔야 해요."

지금 옥령은 수하가 아니라 이모다. 제 스스로 이모라고 우기고 있는 거다.

"모크샤는 헤이든으로 타고 갈 우주선이고 파라마누는 뭄바의 헤이든 이름이야."

"저하고 같이 가요."

"어딜?"

강도는 알면서 모르는 체했다.

옥령은 강도가 갑자기 사라질까 봐 그의 어깨에 한 손을 올리고 딱 부러지게 말했다.

"저 안 데리고 가시면 아무데도 못 가요."

"뭐?"

강도는 어이가 없어서 피식 웃었다. 꽉꽉하기만 한 요즘 옥령 덕분에 그래도 이렇게 웃어봤다.

슥—

"옥 이모."

강도는 팔로 옥령의 허리를 감아서 빙글 몸을 돌리며 무릎에 앉혔다.

"아……."

강도는 옥령의 엉덩이를 찰싹 때렸다.

"그런 강짜는 하 중령에게 부려."

하 중령은 옥령의 해군사관학교 동기이고 그녀가 유일하게 친구로 생각하고 있다.

강도는 두 사람이 잘 어울린다고 생각했지만 옥령은 그를 친구로만 여길 뿐이다.

"……."

옥령은 강도가 자신의 머릿속을 스캔했다는 사실을 알고 한마디 하려다가 깜짝 놀랐다.

강도는 온데간데없이 사라지고 그가 앉아 있던 의자에 그녀 혼자 덩그렇게 앉아 있었기 때문이다.

옥령은 입술을 잘근 깨물었다.

"하 중령이라니, 그 녀석은 그냥 동기일 뿐이거든?"

강도는 강원도 모크샤에 있는 파라마누를 만나고 부천시청으로 돌아왔다.

모크샤에 가서 강도는 파라마누에게 주었던 절반의 젠을 돌려받았다. 파라마누는 모크샤에 있으면 젠이 필요하지 않지만 강도는 절실히 필요하기 때문이었다.

강도가 모크샤를 떠나기 전에 파라마누가 마지막일지도 모르는 말을 했었다.

"실패하면 다시 돌아올 거야."

지구에서 헤이든까지 가는 데 워프를 하면 약 30년 정도가 소요된다.

왕복하면 60년이다.

그런데 그렇게 단순한 게 아니다.

워프를 해서 시공간을 초월하는 모크샤가 왕복 60년이 걸린다는 것이지 태양을 공전하고 있는 지구의 시간 개념으로 계산하면 약 120만 년쯤 지날 거라는 계산이 나온다.

그걸 모를 리 없는 강도와 파라마누다.

그러니까 말하자면 파라마누가 실패해서 강도와 같이 가지 못하면 120만 년이 걸려서라도 다시 지구로 돌아오겠다는 뜻이다.

헤이든인이 지구에서는 영원 불사하지만 헤이든에서는 그런 능력이 없다.

그녀가 헤이든에서 잠깐 머물고 다시 연료를 충전하여 모크샤를 타고 수면 캡슐에 들어가 지구로 온다면 어쩌면 가능한 일인지도 모른다.

하지만 120만 년이라니. 상상하는 것만으로도 먹먹하다.

파라마누의 말에 강도는 아무런 반응도 보이지 않았다.

사실 그도 실패하게 될까 봐 두려웠다.

실패하면 사랑하는 파라마누를 다시는 볼 수 없고 헤이든에도 영원히 돌아가지 못하게 된다. 그러면 그는 지구에서 인간으로서 불사신처럼 죽지 않고 살 수밖에 없다.

진심으로 사랑하지도 않는 지구의 인간 여자들을 수백, 수천 명씩 갈아치우면서 말이다.

그러므로 파라마누의 말에 강도는 진심으로 감격했다.

다시 돌아와 달라고 부탁하지는 못하지만 돌아오겠다는 말을 거절하지도 못했다.

부천시청에 돌아온 강도는 옥령, 라이니카를 따로 방으로 불렀다.

강도는 자신이 외방계 페르다우의 새로운 여신 주아를 만나러 가야 한다는 사실을 말하고 옥령에게 만약 자신이 돌아오지 못할 때를 대비해서 어떻게 해야 하는지에 대해서 가르쳐 주었다.

"돌아오지 못할 수도 있어요?"

옥령은 잔뜩 겁먹은 얼굴로 물었다.

"돌아올 거야."

"그런데 왜 그래요?"

"만에 하나 돌아오지 못할 수도 있으니까 그러는 거지."

옥령은 강도의 팔을 꼭 붙잡았다.

"결국 돌아오지 못할 수도 있다는 말이네요."

강도는 옥령하고 말씨름을 할 겨를이 없어서 라이니카에게
말했다.

"라이, 같이 가자."

"네, 사이디."

라이니카는 기쁜 표정으로 즉시 입고 있던 옷을 재빨리 홀
홀 다 벗었다.

옥령은 강도가 외방계에 같이 가자고 하는데 어째서 라이
니카가 옷을 벗는지 영문을 몰라서 어리둥절했다.

그렇지만 거기에는 틀림없이 무슨 이유가 있을 거라는 판
단을 하고 자신도 서둘러서 옷을 벗었다.

강도가 자신을 떼어놓고 가버릴까 봐 두려웠다.

강도는 라이니카만 보고 있다가 옥령이 급하게 옷을 다 벗
고 라이니카 옆에 재빨리 나란히 서는 것을 보고는 어이없는
표정을 지었다.

"뭐 하는 거야?"

치킨 게임 115

옥령은 20대의 탄탄하고 늘씬한 몸을 내보이면서도 부끄러운 줄 몰랐다.

"저도 같이 갈 거예요."

"미쳤어?"

"제가 주군을 따라가는 게 미친 건가요?"

강도는 옥령에게 따끔한 훈계를 내려야겠다고 생각했다.

"내가 라이를 어떤 방법으로 외방계에 데리고 가는지 옥 이모는 알아?"

옥령은 머뭇거렸다.

"모르겠어요."

"라이, 네가 설명해라."

강도는 일전에 라이니카에게 한국어를 할 수 있는 능력을 심어주었었다.

"내가 사이디 몸속에 들어가는 거예요."

옥령은 깜짝 놀랐다.

"네가 주군 몸속에 들어간다고? 어떻게?"

"나는 사이디 몸속에 들어가서 톰바를 하는 거예요."

"톰바가 뭐지?"

"섹스예요. 저는 사이디의 야야니까 섹스를 해도 괜찮아요. 당신도 사이디와 섹스를 해도 되나요?"

"……."

옥령은 설마 그런 방법으로 같이 가는 것인 줄은 꿈에도 생각하지 못했다.

강도는 그것 보라는 표정을 지었다.

"그래도 갈 거야?"

옥령은 아무 말도 하지 못하고 고개를 숙였다.

강도는 라이니카에게 손짓을 했다.

"라이, 가자."

"네."

강도가 라이니카의 어깨에 손을 대자 그녀의 모습이 순식간에 사라져 버렸다.

옥령은 라이니카가 강도 몸속에 들어가서 섹스를 한다는 말 따윈 믿지 않았다. 강도가 자신을 떼어내려고 거짓말을 하는 것이라고 생각했다.

그녀는 강도가 사라질까 봐 다급히 그에게 손을 뻗었다.

"아……."

그렇지만 그녀의 손은 허공을 움켜쥐고 말았다.

강도는 감쪽같이 사라지고 없었다.

옥령은 강도를 따라가려고 옷까지 다 벗었는데 뜻대로 되지 않자 약이 올라서 얼굴이 빨개졌다.

척!

그때 방문이 열리면서 천룡이 불쑥 안으로 들어섰다.

"주군!"

그는 강도는 없고 옥령이 벌거벗은 몸으로 자신을 향해 서 있는 모습을 보고 놀라기보다는 헛것을 본 것처럼 멍한 표정을 지었다.

"뭘 보는 거예요?"

옥령이 빽 소리쳤다.

"옥령… 왜 벌거벗고서……."

옥령은 화가 머리끝까지 솟구쳤다.

"죽을래? 당장 나가!"

참고로 옥령은 평소에 천룡을 '대가'라고 불렀으며 강도 다음으로 존경했었다.

강도는 성동구 중랑천이 한강과 합류하는 지점의 겹차원에 차원 통로를 열고 페르다우로 들어갔다.

그가 위험을 무릅쓰고 페르다우로 가려는 이유는 주아를 만나기 위해서다.

페르다우 내의 지리에 대해서 전혀 모르기 때문에 라이니카를 데려온 것이다.

"라이, 카스리가 어느 쪽이냐?"

"아… 그게……."

강도와 톰바를 하고 있는 라이니카는 제정신이 아닌 상태라서 즉답을 하지 못했다.

카스리는 성전으로 여신의 거처다.

강도는 주아가 아직 페르다우에 있을 것이라고 짐작했다. 만약 요군과 함께 현 세계에 나왔다면 이렇게 조용하지 않을 것이다.

모르긴 해도 주아가 요군을 이끌고 대한민국의 절반 정도는 점령했을 것이다.

"서북쪽 음보보 호숫가에 있어요."

"여기에서 서쪽은 어느 방향이냐?"

라이니카는 강도하고 마주 보는 자세이기 때문에 같은 방향을 보기 위해서 자세를 바꾸어 강도에게 엉덩이를 내민 자세를 취했다.

"아으⋯⋯."

그녀는 시뻘겋게 달군 쇠몽둥이가 창자를 뚫고 들어오는 것 같아서 자신도 모르게 신음 소리를 냈다.

톰바를 하면 몸속에 있는 여자가 쾌감의 100%를 느끼고 몸을 빌려준 남자는 20% 정도만 느낄 뿐이다. 더구나 강도처럼 건조한 사람이라면 10% 미만일 수도 있다.

"라이, 너 좋으라고 데려온 것 아니다."

"자⋯ 잘못했어요, 사이디⋯⋯."

라이니카는 강도의 눈을 통해서 하늘의 해를 보고 나서 서

북쪽을 가리켰다.

"저쪽이에요, 사이디."

강도는 주아가 페르다우에 있을 것이라고 생각했다.

아직은 이슈텐이나 주아, 일루미나티가 나설 시기가 아니기 때문이다.

그들은 강도 즉, 디오가 모습을 드러내야지만 나타날 것이다. 애들 싸움에 신이 나설 필요는 없다.

슈우우—

강도는 경공의 최고 경지인 어풍비행을 전개하여 20km 상공에서 시속 2천 km의 속도로 날아가고 있다.

라이니카는 없는 것처럼 조용하다. 이따금씩 작은 신음 소리를 내서 자신의 존재를 확인시켜 줄 뿐이다.

강도는 지금 속도로 비행하면 앞으로 2시간 후에 카스리에 도착할 것이라고 예측했다.

우우웅웅……

그런데 그때 허공을 울리는 묵직한 진동음이 들려왔다.

강도는 비행하면서 진동음이 들려오는 방향을 쳐다보았다.

구름이 끼어서 시야를 가리고 있지만 그에게는 문제가 되지 않았다.

그는 20km 거리의 하늘에 요계의 전함 여러 척이 비행하고 있는 광경을 발견했다.

그런데 전함이 무려 30척이 넘었다.

1,000대가 넘는 소형 비행기 둔두를 탑재한 데다 강력한 레오누루포를 수십 문이나 장착한 움직이는 성(城) 같은 전함이 30척이 넘는 것이다.

강도는 저 많은 전함이 어디로 가고 있는지 궁금했다.

아니, 궁금할 것도 없다. 페르다우 내에서 전쟁이 일어났을 리 없다.

그러니까 저 전함들은 현 세계로 나가려는 것이 분명하다.

강도가 영종도 앞 무의도의 차원 통로를 봉쇄하여 요군이 현 세계로 나오는 것을 일차적으로 막았었지만, 페르다우에 주아가 있는 이상 차원 통로는 또 만들어낼 수 있다.

일루미나티는 파라마누의 영과 능력, 그리고 이슈텐의 능력인 민덴허토샤크다.

거기에 이슈텐의 영 외런절이 포함됐는지 아닌지는 분명하지 않다.

주아는 디오와 파라마누 사이에서 난 딸이기 때문에 헤이든인이고 그래서 그녀도 영과 능력을 지니고 있을 것이다.

그러니까 강도나 파라마누가 하는 것처럼 주아도 차원 통로쯤은 너끈히 만들 수 있을 것이라는 얘기였다.

저 전함들이 현 세계로 나가서 얼마나 많은 사람을 죽일 것

인지 상상을 하니까 강도는 지금 당장 막아야겠다는 생각이
앞섰다.

그러나 그는 곧 생각을 바꾸었다.

지금은 전함들을 막는 게 중요하지 않다. 대한민국 공군은
굉장한 성능의 전투기와 전폭기, 또한 육군은 뛰어난 지대공
미사일들을 보유하고 있으니까 저런 전함들하고 충분히 싸움
이 될 것이다.

'주아를 만나는 것이 우선이다.'

강도는 가일층 속도를 내서 날아갔다.

며칠 전에 강도가 페르다우에 왔을 때는 요군들을 자주 발
견했으며 몇 차례에 걸쳐서 공격도 받았었다.

또한 여기저기에서 요족의 마을들도 심심치 않게 발견했었
는데 이번에는 그때와 달라도 많이 다르다.

그가 발견한 요군들은 하나같이 무장을 한 상태로 같은 방
향을 향해서 이동하고 있었다.

그리고 강도를 발견하여 공격하는 요군 같은 건 없으며, 요
족 마을은 거의 비다시피 한 광경이다.

언뜻 굽어본 요족 마을에는 부녀자나 나이 든 요족들만 보
일 뿐이었다.

한마디로 요계 페르다우가 거의 텅 비어 있었다.

명백하게 이유는 하나다.

현 세계를 공격하기 위해서 요계가 총동원령을 내린 것이 분명했다.

강도가 페르다우의 성역 카스리에 도착했을 때에는 3개의 달 중에서 두 번째 달이 높이 떠올라 있었다.

지구에서 수십만 년 동안 살아온 강도지만 지금 그의 눈앞에 펼쳐진 풍경만큼 아름다운 전경은 지금껏 몇 번 본 적이 없었다.

강도는 카스리가 있는 음보보 호숫가의 어느 언덕 위에서 호수를 바라보고 있었다.

페르다우의 3개의 달빛이 호수를 비추고 있어서 그리 어둡지 않았다.

둘레 25㎞ 정도 크기인 음보보 호수에서 아지랑이가 피어오르고, 수많은 물새가 헤엄치고 있으며, 20여 개의 자그마한 섬들이 여기저기 떠 있는 지상낙원 같은 곳이었다.

그리고 호수의 중앙, 오색의 광채가 빛나는 웅장하고도 아름다운 성이 있었다.

그 성이 바로 카스리다.

그곳에 페르다우의 여신 주아가 있을 것이다.

강도가 카스리 주변을 둘러본 바에 의하면, 예상했던 대로 수많은 요군이 삼엄하게 경계를 서고 있었다.

수백 척의 배가 카스리 주변 호수를 뒤덮고 있으며, 성 밖에는 빙 둘러서 울타리처럼 집들이 처져 있었다.

그 집들은 경비하는 요군들이 묵는 숙소이며 성 밖을 지키는 요군만 천여 명에 달했다.

성문은 굳게 닫혀 있으며 투구와 갑옷을 입은 요군들이 3개의 달이 흩뿌리는 달빛에 갑옷을 빛내면서 거목처럼 지키고 있었다.

카스리는 한 마디로 철옹성이었다.

슛……

강도는 성 바깥쪽 성벽 아래에 바싹 붙었다.

그가 성 밖의 경계를 뚫는 것은 아무런 문제가 없었다.

그런데 그는 성벽 아래에 붙었을 때 기분이 조금 이상해진 것을 느꼈다.

'뭐지?'

그는 성벽 위로 솟구치려다가 그만두고 어이없는 표정으로 실소를 흘렸다.

'결계인가?'

성벽 둘레에 결계가 쳐져 있는데 강도마저도 그걸 느낄 정도로 강력했다.

여북하면 결계 때문에 그의 능력이 절반쯤 감소했을 정도다.

물론 그가 조금 기운을 내니까 능력은 즉시 회복됐지만 웬만한 사람들, 가령 총본의 무림 고수였다면 성벽 근처나 성안에서는 전혀 무공을 사용하지 못했을 것이다.

아마도 결계는 주아가 쳐놨을 것이다. 이 정도 결계를 칠능력을 지닌 사람은 주아밖에 없었다.

솔직하게 말하면 강도는 주아에 대해서 일말의 기대나 호기심 같은 것을 갖고 있다.

이유는 간단하다. 그녀가 자신의 친딸이기 때문이다.

강도는 인간하고의 사이에서는 될 수 있는 한 자식을 낳지않으려고 노력했었다.

지구에 자신의 혈육을 남겨서 지구의 질서를 파괴하지 않으려는 단순한 의도에서였다.

그런데 주아는 헤이든인과 지구인이 아닌 헤이든인 사이에낳은 최초의 순종이다.

피는 끌린다는 말이 헤이든인에게도 통하는 것인가.

어쨌든 강도는 파라마누에게 느끼는 감정하고는 다른 미묘한 혈육의 감정을 주아에게서 느끼고 있었다.

정면의 성문 위에는 성벽 위에 있는 망루들 중에서 가장 큰 성루(城樓)가 있었다.

성벽 위에 올라선 강도는 유령처럼 성루로 접근했다.

성벽 위에는 5m 간격으로 요군이 지키고 있지만 자신들을 스쳐 지나가는 강도를 아무도 발견하지 못했다.

강도는 카스리 안으로 잠입하기 전에 적당한 요족으로 변신하기 위해서 성루를 기웃거렸다.

현 세계 인간의 모습을 하고서 페르다우의 여신이 거주하는 카스리 안을 버젓이 돌아다니는 행위는 어리석은 짓이니까 요족으로 변신하는 것은 필수다.

강도는 자신의 주위에 투명한 무형막을 쳤기 때문에 요군 바로 옆에 다가가도 전혀 눈치를 채지 못했다.

투명막 때문에 요군들이 그를 보면 시선이 굴절되어 다른 사물을 보게 되기 때문이다.

그는 성루 입구를 지키고 있는 요군들 사이로 미끄러지듯이 빨려 들어갔다.

성루 안은 제법 큰 50평 정도 크기이며, 가로가 긴 직사각형 형태로 성 정면을 향해 십여 개의 창이 있고 그 창 앞에 요군이 3명씩 앉아서 휴식을 취하며 바깥을 경계하고 있었다.

그리고 입구에서 정면에는 3개의 방이 나란히 있으며 그중 중앙의 문 양쪽에 2명의 요군이 우뚝 서 있는 것으로 봐서는 그 방에 지휘자가 있는 듯했다.

강도는 문 양쪽을 지키는 요군의 정신을 제압하고는 태연히 문을 열고 안으로 들어갔다가 등 뒤로 문을 닫았다.

그곳은 침실 겸 집무실과 휴게실이 어우러진 곳으로 커다란 나무 책상 앞에 바우만 한 명이 앉아서 뭔가 서류 같은 것을 작성하고 있었다.

바우만은 문 여는 소리에 쳐다보지도 않고 중얼거렸다.

"뭐냐?"

부하가 들어온 줄 아는 모양이다.

대답이 없자 바우만은 문을 쳐다보았다가 아무도 없는 것을 확인하고 다시 하던 일을 계속했다.

강도는 어느새 바우만 뒤로 이동하여 묵묵히 서서 그의 머릿속을 스캔했다.

요계 2위인 바우만은 카스리의 성문과 성벽의 경비만을 담당하고 있었다.

그래서 강도는 이자로 변신하면 성안에서 활동하는 게 원활하지 않을 것으로 짐작했다.

강도는 바우만 앞으로 나와서 그의 정신을 제압하고는 일어서도록 했다.

그래도 일단 성안으로 들어가기 위해서 경비담당 바우만의 모습이라도 변신을 하는 것이 순서다.

저벅저벅…….

경비 담당 바우만의 모습을 한 강도는 성안을 성큼성큼 걸어 들어갔다.

그의 시선은 정면을 향하고 있지만 좌우는 물론이고 뒤쪽까지 환하게 보고 있다.

"사이디, 저 무서워요."

라이니카가 가늘게 떨리는 목소리로 우는 소리를 했다.

"그럼 보지 말고 돌아앉아라."

강도의 눈을 통해서 카스리 성 내부의 광경을 보고 있던 라이니카는 얼른 그와 마주 보는 자세로 바꿔 앉았다.

"아아……."

강도에게 엉덩이를 내주고 있다가 마주 앉는 자세가 되자 라이니카는 또다시 새로운 신음 소리를 냈다.

강도는 마음 같아서는 라이니카를 카스리 바깥 어딘가에 숨겨놓고 혼자 들어오고 싶었지만 그녀가 잘못될까 봐 그럴 수가 없었다.

그래도 라이니카 덕분에 카스리에 잘 찾아왔으며 오는 동안 몇 차례 중요한 도움도 받았다.

성안에는 요족 여자들뿐이다. 요계 3위 우쭈리가 간혹 보였으며 대부분 4위 말라칼과 5위 카펨부아들이다.

특수한 여자용 갑옷을 입은 말라칼과 카펨부아들이 허리

에는 칼을 차고 손에는 총을 든 모습으로 곳곳을 삼엄하게
지키고 있었다.

"뭐죠?"

그때 근처에 있던 제복의 말라칼 한 명이 걸어가고 있는 강
동 앞에서 마주 걸어오며 딱딱하게 물었다.

"보고할 게 있다."

4위 말라칼은 2위인 바우만에게도 전혀 공손한 태도를 보
이지 않았다.

4위 말라칼이라고 해도 성안에서 여신 주아를 직접 모시기
때문에 위세가 대단한 모양이다.

"세아키 드빌께선 바쁘시니까 나한테 말해요. 뭔가요?"

강도는 요계 1위 드빌 즉, 대족장 쿠카이가 최고 우두머리
라는 점에 조금 놀랐다.

강도는 단단한 모습으로 말했다.

"네가 과연 내 보고를 감당할 수 있을까?"

이마 한가운데 별 모양이 새겨져 있는 눈부신 미모의 말라
칼은 살짝 눈살을 찌푸렸다.

"무슨 말이죠?"

"디오가 카스리에 잠입했다는 보고를 너한테 하면 세아키
드빌께서 좋아하실까?"

"아……."

디오라는 말에 말라칼은 자지러지는 표정을 지었다.

"따라와요."

그녀는 급히 몸을 돌려 거의 뛰다시피 앞서 걸었다.

뒤따르는 강도는 말라칼의 머리를 스캔하여 세아키 드빌이 있는 장소와 그에 대한 것들을 알아내고는 그녀의 정신을 제압했다.

그런데 말라칼은 세아키 드빌에게 곧장 가지 않고 자신의 직속 상전인 우쭈리에게 강도를 데리고 갔다.

그래서 강도는 다시 우쭈리의 정신을 제압해야만 했고 그제야 세아키 드빌이라는 자에게 안내를 받았다.

5분 후, 세아키 드빌의 모습으로 변신한 강도는 주아를 만나러 갔다.

강도는 일단 주아를 설득할 생각이다. 어쨌든 그는 주아의 친아버지이고 그녀는 친딸이기 때문에 대화가 가능할 것이라고 믿었다.

척—

강도를 안내한 우쭈리가 커다란 문을 열고 옆으로 비켜섰다가 강도가 들어가자 밖에서 문을 닫았다.

원래 강심장인 강도지만 지금은 조금 긴장했다. 겁을 먹은 게 아니고 딸을 만난다는 막연한 기대 때문이다.

과연 주아가 어떻게 생겼으며 어떤 성격을 지니고 있는지 궁금하기 짝이 없다.

실내는 매우 넓고 화려했는데 정면 창가의 널찍하고 화려한 소파 같은 긴 의자에 단정하게 앉은 한 여자가 하던 일을 계속하면서 강도에겐 눈길조차 주지 않았다.

강도는 그녀가 주아라는 것을 한눈에 알아보았다. 왜냐하면 그녀가 엄마인 파라마누를 많이 닮았기 때문이다.

세아키 드빌이 주아에게 보고할 것이 있으면 실내에 들어와서 지금 강도가 서 있는 자리에 서서 주아가 말을 걸 때까지 기다려야 한다.

그렇지만 강도는 주아에게 천천히 걸어갔다.

일부러 발소리를 내면서 걷는데도 주아는 그를 쳐다보지 않고 정면만 바라보고 있다.

주아가 보고 있는 것은 뜻밖에도 TV다. 그것도 현 세계에서 흔하게 볼 수 있는 대형 벽걸이 TV다.

그리고 지금 TV에서는 강도에게도 익숙한 한국어가 흘러나오고 있었다.

5m까지 다가간 강도가 슬쩍 보니까 TV 화면에는 현 세계 대한민국의 드라마가 나오고 있는 중이다.

가족 드라마 같은데 한 식구가 마루의 밥상에 둘러앉아서 식사를 하며 대화를 나누고 있는 장면이다.

강도가 보니까 방송국에서 보내주는 방송은 아니고 USB에 저장된 것을 보고 있었다.

TV에서는 60대 부부와 아들 내외, 딸, 그리고 손자까지 대가족 8명이 둘러앉아서 화기애애하게 웃으면서 대화를 나누고 있었다.

—애야, 뭘 이런 걸 준비했니?

—별거 아니에요. 아버지하고 어머니께선 한 번도 해외여행을 가신 적이 없으시니까 이번 기회에 잘 놀다 오세요. 집 걱정은 하지 마시고요.

TV에서는 60대 어머니가 비행기 티켓 같은 것을 손에 들고 감격하면서 기쁜 표정으로 말하고, 맞은편에 앉은 아들 내외는 다정하게 웃으면서 말하고 있었다.

—평생 저희들을 위해서 고생하셨는데 저희는 이제껏 말썽만 부리고 아무것도 해드리지 못해서 마음이 아팠어요.

아들의 말에 어머니는 마침내 눈물을 보였다.

—혁준아… 너희들을 키우면서 한없이 즐겁고 행복해서 그걸 고생이라고 여긴 적이 없었단다. 그렇지 않아요, 여보?

—그럼… 그렇고말고…….

그런데 강도는 더 놀랐다.

TV 속으로 들어갈 것처럼 열심히 보고 있는 주아의 눈에서 눈물이 흐르고 있는 것을 발견했기 때문이다.

강도는 의아한 생각이 들었다. 주아가 현 세계 인간들의 감정을 이해하기 때문에 감동해서 우는 것인지, 아니면 무엇 때문인지 모를 일이다.

그때 주아가 눈물을 닦을 생각도 하지 않고 나직한 목소리로 말했다.

"너무나도 아름다운 모습이지 않아?"

강도는 자신에게 묻는 말이라는 생각에 대답하려고 했다.

그런데 그보다 먼저 누가 말했다.

"저는 모르겠습니다."

강도가 말이 들려온 곳을 쳐다보니까 뜻밖에도 창 옆에 한 명의 우쭈리가 서 있었다.

그녀는 주아의 최측근 경호 담당 우쭈리다. 어두컴컴한 창과 똑같은 색의 옷을 입고 서서 일말의 기척도 없었기에 강도조차도 그녀의 존재를 간파하지 못했었다.

아니, 주아를 만난다는 긴장과 기대감이 팽배했기에 우쭈리의 존재를 미처 알아채지 못한 모양이다.

실수를 했지만 강도는 별로 신경 쓰지 않았다. 우쭈리 정도는 손가락을 대지 않아도 해결할 수 있다.

주아는 TV 화면에 시선을 고정시킨 채 말했다.

"아들이 자신들을 위해서 평생 고생한 부모에게 해외여행이라는 선물을 해주는데 그게 감동스럽지 않다는 거야?"

우쭈리는 표정의 변화 없이 건조하게 대답했다.

"부모가 어째서 자식들을 위해서 고생을 한 건지, 그리고 그걸 왜 고마워해야 하는지 모르겠습니다."

"그만 됐다."

주아는 답답하다는 듯 손을 저었다.

그러다가 강도를 힐끗 보고는 다시 TV 화면을 바라보며 중얼거렸다.

"와다무들은 감정이 메말랐어. 저걸 이해하지 못하다니……."

강도가 불쑥 말했다.

"저런 것을 효도라고 한답니다."

주아가 다시 강도를 쳐다보며 뜻밖이라는 표정을 지었다.

"그래, 맞아."

그녀는 눈물이 가득 고인 눈으로 강도를 쳐다보았다.

"세아키가 그걸 어떻게 알지?"

"공부를 좀 했습니다."

"그럼 중가들이 느끼는 감정도 알 수 있어?"

"조금은 알 것 같습니다."

주아는 눈을 반짝였다.

"중가에 대해서 공부하면서 알게 됐구나? 나도 그랬어. 말라이카가 중가가 적이라고 그래서 적에 대해서 공부를 했는데 뜻밖에도 그들은 매우 포근한 종족인 거야."

강도는 빙그레 미소 지었다.

"중가의 사회는 그런 끈끈한 인간애로 연결되어 있는 것 같습니다."

"맞아. 그런데 우리 와다무들은 그게 없어. 자식을 낳는 것으로 끝이야."

강도는 마음이 훈훈해졌다. 요계 와다무나 마계 필드엠베르들에겐 따뜻한 감정이 없지만 현 세계 인간 중가나 헤이든 인에게는 그런 것이 존재한다.

주아가 갑자기 자기 옆자리를 가리켰다.

"세아키, 이리 와서 앉아. 같이 보자."

강도로서는 전혀 예상하지 못했던 전개였다.

힐끗 쳐다보니까 우쭈리가 화들짝 놀라서 어쩔 줄을 모르고 있다.

여신 주아가 누군가를 자신의 옆에 앉히는 경우는 이제껏한 번도 없었던 일이다. 그렇지만 제아무리 여신 주아의 최측근 경호 담당이라고 해도 세아키 드빌의 부하일 뿐이었다.

주아가 옆에 와서 앉으라고 하고 세아키 드빌이 앉는다면우쭈리로서도 어떻게 할 재간이 없었다.

강도는 천천히 다가가 주아 옆에 2m의 간격을 두고 앉으면서 그녀를 살펴보았다.

파라마누를 쏙 빼닮은 주아는 엄마보다 더 예쁜 것 같았다.

아니, 더 이상 아름다울 수 없는 파라마누의 미모는 누구와 비교할 수 없는 경지다.

그렇지만 강도는 주아에게 아버지로서의 부성애를 한껏 느끼고 있기 때문에 아내인 파라마누보다 더 예쁘게 보이는 것이 당연할 것이다.

긴 흑갈색의 머리카락을 틀어 올렸으며 보송보송한 귓가에 한 가닥 머리카락을 늘어뜨린 모습이 너무도 아름답고 귀여워서 당장에라도 와락 안아주고 싶은 것을 강도는 간신히 참았다.

강도는 주아의 머릿속을 스캔해 보고 싶었으나 참았다.

헤이든인은 누가 자신의 두뇌를 스캔하면 즉각 알아차리기 때문이다.

주아는 드라마를 보는 동안 때로는 감동해서 울고 또 때로는 손뼉을 치면서 깔깔대며 웃었다.

그 모습이 영락없는 현 세계의 10대 소녀 같아서 강도는 아버지로서의 훈훈한 미소를 멈출 수가 없었다.

주아는 시간 가는 줄 모르고 드라마에 푹 빠졌다.

강도, 아니, 세아키 드빌이 용무가 있어서 찾아왔지만 무슨 일이냐고 묻지도 않았다.

그렇다고 그녀가 입을 다문 채 드라마만 보고 있는 것은 아니었다. 강도에게 쉴 새 없이 종알거렸는데 그것들은 하나같이 드라마와 현 세계 중가들의 살아가는 모습에 대해서였다.

총 80회 드라마 중에서 17회부터 19회까지 3회를 더 보고서야 주아는 잠시 정지 버튼을 눌렀다.

하지만 드라마를 그만 보려는 게 아니라 허기가 진다면서 먹을 것을 가져오라고 시키기 위해서였다.

"세아키도 같이 먹을 거야."

그녀는 강도의 동의를 구하지도 않고 그렇게 말했다.

우쭈리가 먹을 것을 가져오라고 시키러 간 사이에 주아가 강도를 보면서 나직하게 속삭이듯 말했다.

"나, 현 세계에 가보고 싶어."

"가본 적이 없습니까?"

강도의 물음에 주아는 고개를 살래살래 가로저었다.

"한 번도 가본 적 없어."

"그럼 가시죠."

주아는 눈을 동그랗게 떴다.

"갈 수 있어?"

무소불위의 페르다우 여신이 그렇게 묻다니 강도는 조금 맥이 빠졌다.

"지금 와다무 수십만 명이 현 세계에 나가서 전쟁을 벌이고 있는데 어째서 여신께서 못 가시겠습니까?"

주아는 눈을 더 크게 뜨고 놀랐다.

"와다무가 전쟁을 벌인다고?"

강도가 보기에 주아는 아무것도 모르고 있는 것 같았다.

그는 TV 화면을 가리켰다.

"와다무들이 현 세계를 침공하여 바로 저 사람들의 나라 대한민국의 죄 없는 백성을 수백만 명이나 죽였습니다."

"아아……."

"그리고 지금 현재도 수십만 명의 와다무들이 무기를 갖고 현 세계로 쏟아져 나가고 있습니다."

거의 경악하고 있는 주아를 보면서 강도는 자신의 기대가 정확했음을 확신했다.

주아는 순수함의 결정체였다.

그녀는 강도를 바라보며 착잡한 표정을 지었다.

"그렇다면 말라이카가 내게 거짓말을 한 것일까? 그는 현 세계 중가들이 우리 페르다우를 침략할 거라고 말했었는데 어떻게 반대 상황이 벌어진 거지?"

"말라이카가 그런 말을 했습니까?"

강도는 이 모든 일의 중심에 파라마누의 영인 말라이카가 있음을 확신했다.

주아는 의아한 표정을 지었다.

"너… 말라이카를 아는구나?"

말라이카는 영이기 때문에 누구의 눈에도 보이지 않고 오로지 헤이든인에게만 나타날 뿐이다.

"그는 뭄바의 영이지요."

주아는 고개를 끄떡였다.

"그래, 어머니께서 나를 죽이려고 하니까 말라이카와 에찌가 나를 보호해 주고 있는 거야."

강도는 슬쩍 어이없는 표정을 지었다.

"뭄바가 당신을 죽이려 한다는 말입니까?"

"응."

'말라이카, 이놈 새끼가……'

강도는 속에서 천불이 솟구치는 것을 간신히 참았다.

그때 음식을 시키러 나갔던 우쭈리가 문을 열고 안으로 들어오는 것을 힐끗 보고 나서 강도가 주아에게 조그맣게 속삭였다.

"지금 현 세계에 가보시겠습니까?"

"세이카 드빌! 무슨 말을 하는 겁니까?"

속삭이는 소리를 듣고 우쭈리가 발끈 외쳤다.

강도는 우쭈리의 정신을 제압하고는 다시 말했다.

"가시겠다면 제가 모시겠습니다."

주아는 방금 소리를 빽 지른 우쭈리가 아무 일도 없었다는 듯이 창가 자신의 자리로 걸어가는 것을 보고는 다시 강도를 바라보았다.

"그렇지만 나는 갈 수가 없어."

"어째서 못 가십니까?"

"나는 페르다우를 벗어나면 온몸이 불타서 죽어."

강도는 어이가 없어서 웃음도 나오지 않았다. 그건 필경 말라이카가 헛소리로 주아를 겁준 게 분명했다.

헤이든인이 현 세계에 나가서 온몸이 불타 죽는다면 강도와 파라마누는 옛날에 죽었을 것이다.

"말라이카가 그랬습니까?"

"그래, 그래서 나는 페르다우에서 한 발자국도 밖으로 나가지 못하는 신세야."

강도는 주아의 손을 잡고 벌떡 일어섰다.

"지금 갑시다."

"아… 안 돼."

"절대 타죽지 않습니다."

"그것도 그렇고… 내가 현 세계에 나가면 어머니가 날 죽일 거야."

"그런 말도 안 되는……."

주아는 강도에게 잡힌 손을 뺐다.

"너는 세아키가 아니로구나."

강도는 이렇게 된 이상 자신의 신분을 밝힐 수밖에 없다고 생각했다.

그는 자신의 말이 밖으로 새나가지 않도록 주위에 무형막을 쳤다. 그러고는 세아키 드빌의 모습을 풀고 본래 강도의 모습을 되찾았다.

"아… 너는 중가로구나……."

주아는 너무 놀라서 뒤로 한 걸음 물러났다.

강도는 자상한 미소를 지었다.

"주아, 나는 너의 아버지다."

"……."

주아는 강도의 말을 알아듣지 못했다. 그녀는 자신에게 어머니가 있다는 사실은 알고 있지만 아버지에 대한 말은 한 마디도 들은 적이 없었다.

강도는 조용하게 말했다.

"너의 어머니 뭄바가 내 아내다. 그러니까 너는 내 딸이다. 내 말이 무슨 뜻인지 알겠니?"

"……."

"어머니 혼자서 너를 낳지 않았겠지? 아버지가 있어야지만 네가 태어나지 않았겠니?"

주아는 경황 중에 자신도 모르게 고개를 끄떡였다.

강도는 못을 박듯이 잘라서 말했다.

"한 가지 분명한 것은, 어머니는 절대로 너를 죽이려고 하지 않았다."

주아는 갑자기 들이닥친 일 때문에 큰 충격을 받았지만 강도는 내친김에 모든 사실을 주아에게 알려줘야겠다고 마음먹었다.

"내 말 잘 들어라."

강도는 주아가 말라이카와 에찌에 의해서 납치되어 이곳 카스리에서 살아온 경위에 대해서 설명했다.

즉, 어머니 뭄바가 주아를 낳아 키우면서 가족의 행복에 대해 알게 되었고, 그래서 아버지인 디오와 함께 셋이서 헤이든으로 돌아가서 행복하게 살고 싶다는 결심을 하게 되었다는 것.

그런데 그런 사실을 알게 된 말라이카와 에찌는 자신들이 해체될 것이 두려워서 주아를 납치하여 페르다우의 왕 샤하쿠카이와 짜고 은밀한 장소에서 몰래 그녀를 키웠다.

말라이카는 주아를 키우는 과정에 그녀에게 뭄바에 대한 적개심을 끊임없이 주입시켰다.

천성적으로 착한 성품의 주아는 그런 사실을 믿으려 들지 않았지만 오랜 세월 동안 꾸준하게 세뇌를 당해서 지금에 와서는 그걸 믿게 되었다.

"너와 말라이카, 에찌, 그리고 샤하쿠카이의 공격을 받은 뭄바는 큰 중상을 입고 페르다우의 황폐한 장소에서 죽어가고 있었다."

강도의 설명에 주아는 눈물을 글썽이며 몸을 가늘게 떨었다.

"내가 제때에 그녀를 발견하지 않았으면 죽었을 거야. 지금

그녀는 현 세계에서 고향 헤이든으로 돌아갈 만반의 준비를
갖추고 우리를 기다리고 있단다."

주아는 조금 비틀거리면서 강도에게 다가왔다.

"아버지 이름은 뭐죠?"

"디오."

"아아……."

주아는 '디오'라는 이름을 수만 번도 더 들었다. 그런데 그
이름의 주인이 자신에게 생명을 준 아버지일 줄은 꿈에도 알
지 못했다.

성품이 순수하고 고결한 주아는 말라이카의 말을 그대로
믿었던 것처럼 강도의 말 역시 추호도 의심하지 않고 고스란
히 받아들였다.

말라이카보다 강도의 말이 훨씬 더 설득력이 있었다.

왜냐하면 그는 자신의 친아버지이기 때문이다.

주아는 강도가 설명을 하는 동안 한 번도 그게 정말이냐고
묻지 않았다.

말라이카에게는 '설마'라든가 '그럴 리가 없어요'라는 말을
수없이 많이 했던 것과는 정반대다.

'피는 서로 당긴다'라는 이치가 통했기 때문일까.

주아는 강도 한 걸음 앞까지 다가와서 눈물을 흘리며 그를
바라보았다.

"말라이카는 내가 페르다우의 여신이니까 당연히 와다무라고 말했어요. 그런데 와다무들은 눈물을 흘리지 않는데 나는 드라마를 보면서 곧잘 울거든요. 그래서 이상하다고 생각했어요."

그녀는 더욱 많은 눈물을 흘렸다.

"이럴 때 어떻게 해야 하죠?"

"어떻게 하고 싶으냐?"

주아는 드라마에서 많이 본 장면을 생각했다.

"당신에게 안기고 싶어요."

강도는 두 팔을 활짝 벌리며 미소 지었다.

"이리 와라."

주아가 품에 안기자 강도는 그녀를 힘주어서 꼭 안았다.

"아버지."

"그래, 주아야."

강도는 가슴이 뭉클하고 코끝이 찡한 것을 느꼈다.

그는 자신이 고향 헤이든에 돌아가야 할 이유가 한 가지 더 생겼음을 깨달았다.

강도는 주아를 측근 경호하던 우쭈리를 주아로 변신시키고 소파에 앉혀서 TV 드라마를 보게 했다.

그녀의 뇌리에 주아에 대한 대충적인 지식을 심어주어서 말라이카가 온다고 해도 쉽사리 발각되지 않도록 조치를 취해

두었다.

강도는 원래 세카이 드빌의 모습으로, 그리고 주아는 측근 우쭈리의 모습으로 변신해서 카스리를 빠져나왔다.

강도와 주아가 중랑천과 한강의 합류 지점에 있는 겹차원 차원 통로를 통해서 현 세계로 나오자 그곳에서 대기하고 있던 옥령과 태청, 음브웨가 반갑게 맞이했다.

"주군!"

주아를 본 옥령 등은 그녀가 파라마누와 많이 닮아서 헷갈리는 표정을 지었다. 어찌 보면 파라마누 같고 또 어찌 보면 아닌 것 같기도 해서 인사를 하지 못해 머뭇거렸다.

"내 딸이다."

강도가 웃으면서 말하자 옥령 등은 크게 놀랐다.

"네엣?"

"따님이시라니……."

강도는 빙그레 웃으며 주아의 어깨를 안았다.

"디오와 뭄바의 딸이다."

"아아……."

그제야 측근들은 고개를 끄떡였다.

측근들은 급히 허리를 굽혀 인사를 했다.

"아가씨를 뵈옵니다."

그러나 주아는 주위를 두리번거리면서 강변을 걸었다.

그녀는 두 팔을 활짝 벌리고 사뿐사뿐 뛰듯이 걸으면서 고개를 젖히고 길게 공기를 들이마셨다.

"흐으음……."

그녀는 뒤따라오는 강도를 보면서 두 팔을 벌리고 빙글빙글 돌았다.

"아아… 공기가 달라요. 너무 상쾌해서 훨훨 날아갈 것만 같아요."

강도는 빙그레 미소 지었다.

"몸이 타버릴 것 같니?"

말라이카는 주아가 현 세계에 나가면 몸이 불타 버린다고 거짓말을 했었다.

"말라이카가 했던 말이 모두 거짓말이라는 걸 알았어요! 나는 처음부터 아버지를 믿었어요!"

주아는 강도의 목에 두 팔을 걸고 매달렸다.

"고마워요, 아버지."

강도는 너무 행복해서 눈물이 날 것만 같았다. 이런 행복은 한 번도 느껴본 적이 없었다.

제42장
리턴즈

전쟁은 소강상태로 접어들었다.

마계와 요계는 더 이상의 살육을 저지르지 않았다.

하지만 그것은 전쟁 발발 4일째가 됐을 때의 일이다.

그때까지 마계와 요계에 의해서 살해된 현 세계의 인간 수가 무려 400만 명에 달했다.

대한민국의 인구가 집중되어 있는 수도권을 침공한 마계가 260만 명에 달하는 사람을 학살했으며, 상대적으로 인구가 적은 경기도 남부 지역과 충청도를 장악한 요계는 140만 명을 죽였다.

마계와 요계가 침공 3일 만에 학살한 사람의 수가 경악할 정도로 많았다.

스우우…….

강도와 주아는 모크샤가 있는 강원도 지하 동굴에 나타났다.

"아……."

주아는 눈앞에 있는 거대한 모크샤를 바라보면서 나직한 감탄사를 터뜨렸다.

그녀는 강도가 말해주기 전까지는 자신이 페르다우에서 뭄바에 의해서 태어나 말라이카와 에찌, 샤하쿠카이가 키워준 여신이라고만 알고 있었다.

"아버지와 어머니가 저걸 타고서 고향별 헤이든에 가는 건가요?"

강도는 고개를 끄떡였다.

"너도 같이 가야지."

그때 모크샤의 해치가 열리는 소리가 났다.

그우우…….

문이 다 열리기도 전에 안에서 파라마누의 목소리가 흘러나왔다.

"카르만, 당신이에요?"

그녀는 모크샤 안에서 기계들을 손보고 있다가 밖에서 말·

소리가 들려서 나온 것이다.

밖으로 나온 파라마누는 둥실 몸을 띄우고 바위들을 넘어 강도에게 날아오다가 강도 옆에 주아가 서 있는 모습을 발견하고는 깜짝 놀랐다.

"아……."

파라마누는 강도 옆에 서 있는 어리고 아름다운 여자가 주아라는 사실을 한눈에 알아보았다.

주아가 어릴 때 납치를 당했지만 어머니가 딸을 못 알아볼 리가 없다.

그녀가 충격 때문에 강도 앞에 내려서다가 발을 헛디뎌 크게 휘청거리는 것을 강도가 붙잡아주었다.

"주아……."

파라마누가 반가움에 두 손을 내밀자 주아는 한 걸음 나서면서 그녀의 손을 잡았다.

"어머니."

주아에게서 최초로 '어머니'라는 말을 들은 파라마누는 왈칵 눈물이 솟구쳤다.

"주아……."

주아는 그 자리에 무릎을 꿇었다.

"어머니, 내가 잘못했어요. 용서해 주세요."

"아, 아니다, 주아. 네가 잘못한 게 아니다……!"

파라마누는 급히 주아를 일으켰다.

"너는 어릴 때 말라이카와 에찌에게 납치됐으니까 아무 잘못이 없다."

"그래도 내가 어머니를 공격해서 다치게 했어요. 아버지가 아니었으면 그것 때문에 어머니가 죽었을 거라고 아버지가 말해주었어요."

"아니다. 너는 아무 잘못이 없어. 그놈들이 나쁜 거였어. 그러니까 죄책감 같은 거 갖지 마라. 응?"

파라마누는 주아를 품에 안고 손바닥으로 등을 쓰다듬었다.

모녀는 서로를 안고 눈물을 펑펑 쏟으면서 울었다.

강도는 아까 주아가 한강에서 너무 상쾌해서 훨훨 날아갈 것만 같다고 말했을 때보다 더 큰 기쁨을 느꼈다.

그는 자신들이 가족이라는 사실을 절실하게 깨달았다.

"이 모습이 진짜 아버지인가요?"

지하 동굴 물가에 앉아서 도란도란 얘기꽃을 피우다가 주아가 강도에게 물었다.

"그래."

"너무 젊어요. 그리고 잘생겼어요."

주아는 신기한 표정을 지었다.

강도는 자신과 파라마누가 인간의 모습을 하고 살아온 얘기를 해주었다.

"그럼 아버지는 아버지이면서 이강도라는 현 세계 사람이로 군요?"

"그렇지."

주아는 고개를 갸웃거렸다.

"아버지가 헤이든에 가면 이강도라는 사람도 같이 가는 건 가요?"

"아냐."

"그럼 어떻게 할 건데요?"

사실 그 점은 강도로서도 궁금했었다.

강도는 자신이 디오이면서도 만약 디오가 헤이든에 간다면 자신이 어떻게 될 것인지에 대해서 궁금할 수밖에 없었다.

바로 이 부분에서 강도는 자신과 디오가 엄격하게 구분된 다는 생각이 들었다.

"흠, 좋은 생각이 났다."

문득 강도가 중얼거렸다. 아니, 디오가 뭔가 번뜩이는 생각 을 해냈다.

파라마누와 주아가 궁금한 얼굴로 바라보고 있는데 강도는 그 말을 하고 나서 잠시 가만히 있었다.

스으으······.

그러다가 갑자기 그의 모습이 흐릿해지는 것 같더니 두 개로 분리되었다.

"아……."

파라마누와 주아는 똑같이 나직한 탄성을 토하면서 뚫어지게 바라보았다. 두 여자 앞에는 똑같은 모습의 강도 두 명이 나란히 앉아 있었다.

그때 원래의 강도가 자신에게서 분리해 나간 다른 강도를 쳐다보면서 적잖이 놀라는 표정을 지었다.

"디오."

그렇다. 디오가 강도에게서 분리한 것이다.

디오는 강도를 보며 빙그레 미소를 지었다.

"이제 너는 온전하게 이강도다."

강도는 자신의 몸을 내려다보았다. 디오가 빠져나갔지만 달라진 것은 없어서 그냥 옆에 자신의 그림자가 있는 것 같은 느낌일 뿐이다.

강도가 자신의 팔과 다리를 만지는 것을 보면서 디오가 미소 지으며 말했다.

"나는 본신만 갖고 헤이든으로 돌아갈 테니까 젠과 포르차와 스피리토는 네가 가져라."

"나는……."

"내가 이슈텐과 일루미나티를 끌고 가더라도 너 혼자서 마계와 요계를 해결해야 하니까 필요할 거야."

강도는 놀라고 또 감동해서 말을 하지 못했다.

디오는 그런 생각을 방금 전에 강도하고 몸이 분리된 다음에 한 것이 분명하다. 그 전에 생각했다면 강도가 모를 리가 없다.

주아가 강도에게 물었다.

"당신 몇 살이죠?"

"25살입니다."

주아가 이번에는 파라마누에게 물었다.

"어머니, 난 몇 살인가요?"

"지구인으로 치면 22살쯤 되지."

주아는 눈을 반짝거렸다.

"어린 여자가 자기보다 나이 많은 남자를 뭐라고 부르죠?"

"오빠라고 합니다."

"그럼 나는 당신을 오빠라고 부를게요."

이제 곧 지구를 떠날 주아가 강도를 오빠라고 부르든 동생이라고 부르든 상관없는 일이다.

디오가 젠과 스피리토, 포르차를 준 것은 강도로선 전혀 예상하지 못했던 일이다.

디오는 모크샤에 남기로 했다.

"마쇼디크를 죽이면 이슈텐이 나타날 거야."

디오의 말에 강도는 고개를 끄떡였다.

"그렇겠군요."

"마쇼디크 몸속에 이슈텐이 있다면 쉽게 죽일 수 없겠지만 잘된 일이야."

"그럼 일루미나티는⋯⋯."

"내가 해볼게요."

가만히 듣고 있던 주아가 톡 나섰다.

강도는 움찔 놀랐지만 그보다는 디오와 파라마누가 훨씬 더 놀랐다.

"그게 무슨 말이니?"

파라마누는 불길함을 예감하면서 급히 물었다.

주아는 명랑하게 말했다.

"내가 그곳에 있으면 말라이카와 에찌가 저절로 나타날 거예요."

그녀의 말은 정확하다.

여신 주아가 페르다우 카스리에 없다는 사실이 드러나고, 그녀가 어딘가에 나타나면 반드시 말라이카와 에찌가 그곳에 나타날 것이다.

그걸 디오나 파라마누는 잘 알고 있다. 하지만 주아를 보내는 것이 내키지 않았다.

셋이 모크샤에 함께 있다가 이슈텐과 일루미나티를 흡수하

는 것을 성공하든지 실패하든지 상관없이 떠나야 하기 때문
이다.

"그건 안 된다."

파라마누가 냉정하게 딱 잘라서 말했지만 주아는 고집을
굽히지 않았다.

"설마 어머니는 이슈텐과 일루미나티를 데려가고 싶지 않으
세요?"

"그건 아냐."

"그러면 보내주세요."

"주아……."

"우리 헤이든인들은 지구인들에게 많은 피해를 입혔어요.
그러니까 마지막 떠나는 길에 최소한의 배려는 해야 한다고
생각해요."

주아의 너무도 조리 있는 언변에 파라마누와 디오는 할 말
을 잃었다.

"디오."

그때 잠자코 있던 강도가 조심스럽게 입을 열었다.

디오가 말하라는 듯 강도를 쳐다보았다.

"당신의 능력으로 시간을 되돌릴 수는 없습니까?"

"시간을 되돌려?"

"그렇습니다."

디오는 더 이상 강도의 설명을 듣지 않고도 그가 무엇을 원하는지 간파했다.

조금 전까지만 해도 그는 강도와 일심동체였기에 그동안 강도가 시간을 되돌리는 것에 대해서 부심했다는 사실을 잘 알기 때문이다.

강도는 마계와 요계의 침공으로 현 세계 인간이 400만 명이나 죽었다는 사실을 받아들이기 어려웠다.

그는 400만 명의 무고한 죽음이 자신의 실책인 것만 같아서 잠시 잊고 있다가도 그 사실이 문득 떠오르기만 하면 돌아버릴 것만 같은 심정이었다.

그가 별짓을 다 하더라도 이미 죽은 400만 명이 되살아나는 일은 없을 것이다.

오로지 한 가지 방법뿐이다. 그것이 가능할지 불가능한지는 몰라도, 시간을 되돌려 마계와 요계가 침공하기 전으로 되돌아가는 것이다.

"그건……."

디오는 말을 잇지 못하고 무척이나 심각한 표정을 지었다.

잠시 눈을 깜빡거리던 파라마누는 무슨 생각을 했는지 가볍게 몸을 움찔 떨었다.

"카르만, 당신 설마……."

디오는 파라마누를 쳐다보았다.

"파라마누, 그렇게 해야만 할 것 같아."

강도는 두 사람이 무슨 얘기를 나누는지 알지 못한다. 이제 그는 더 이상 디오와 생각을 공유하지 않기 때문이다.

그렇지만 디오가 시간을 되돌리는 방법을 생각해 냈다는 것을 추측할 수 있었다.

디오는 강도의 어깨에 손을 얹고 진지하면서도 다정하게 말했다.

"너는 그만 돌아가라. 그 문제에 대해서는 조금 더 시간을 갖고 생각과 계산을 해봐야겠다."

그는 파라마누하고 의논을 해보겠다는 것이 아니라 거기에 대해서 생각과 계산을 해봐야 한다고 말했다.

그것은 일단 승낙한 것이다. 다만 그게 가능한지 어떤지에 대한 생각과 계산이 뒤따라야 한다는 뜻이다.

무슨 생각이고 어떤 계산인지도 몰라도 시간을 되돌리는 것이 가능할 수도 있다는 말에 강도는 기대를 걸었다.

강도는 정말 오랫동안 함께 지냈던 디오와의 이별에 서운함을 느끼고 그를 바라보았다.

"디오."

시간을 되돌리는 것이나, 이슈텐과 일루미나티를 데리고 떠나는 일이 잘되든 못 되든 지금이 디오를 마지막으로 보는 것이라서 강도는 마음이 짠했다.

디오는 고개를 끄떡였다.

"너라면 인간들이 평화롭게 사는 방법을 찾아낼 거야."

엄밀하게 따지면 디오는 강도의 아버지다.

그러므로 주아하고는 이복 남매 사이가 된다.

강도는 디오와 파라마누를 향해 고개를 숙였다.

"무사히 돌아가시길 빌겠습니다."

고개를 들면서 강도는 공간 이동을 했다.

그 순간 그는 파라마누의 짧은 외침을 들었다.

"주아!"

부천시청 자신의 방으로 공간 이동을 한 직후의 강도는 깜짝 놀랐다.

주아가 그의 어깨에 손을 얹고 있었다.

"주아!"

"오빠, 나도 왔어."

주아는 개구쟁이처럼 혀를 내밀고 귀엽게 웃었다.

"너……."

강도는 얼굴을 찌푸리며 주아의 손을 잡았다.

"돌아가자."

주아는 방글방글 미소 지었다.

"오빠, 나도 공간 이동할 수 있어. 만약 내가 오빠하고 반대로 공간 이동을 한다면 어떤 일이 벌어질까?"

강도는 주아를 쳐다보다가 고개를 절레절레 저었다.

주아가 말한 것처럼 그녀가 있으면 일루미나티를 유인하기 쉬울 것이다.

주아가 일루미나티를 유인해 주고 같이 모크샤로 돌아간다면 별일 없을 것이라고 강도는 생각했다.

부천시청 총본으로 급보가 전해졌다.

마계와 요계가 총공세를 개시했다는 것이다.

마계는 수도권 북부 지역인 고양시와 파주시, 동두천시, 양주시 그리고 춘천시로 돌진했다.

그리고 요계는 군산시, 익산시 등 전라북도와 경상북도의 문경시, 상주시, 김천시를 향해 빠른 속도로 밀려갔다.

그러므로 마계와 요계를 겹겹이 포위하고 있던 대한민국 지상군하고의 격전을 피할 수 없게 되었다.

마군은 지상과 지하, 물속과 물 위를 자유자재로 넘나드는 전천후 장갑차 허르츠코치(Harckocsi) 수천 대를 앞세워 진격했다.

허르츠코치는 마군 특수부대원 10명을 태울 수 있으며, 특수 합금으로 만들어져서 대한민국 지상군의 웬만한 포격에도 부서지지 않았다.

요군은 전함 수백 대를 하늘에 띄웠다.

요군 전함은 현 세계의 항공모함에 순양함을 더한 위용을 뽐내면서 파죽지세로 대한민국 도시들을 짓밟았다.

부천시청 총본에 있는 강도는 마계와 요계의 총공세 소식에 다급해졌다.

잠시 생각에 잠겼던 그는 지하 섹헤이로 돌아간 페헤르외르데그 네지벤을 불렀다.

"네지벤, 하롬은 어디에 있느냐?"

부천시청을 점령했던 마군의 지휘관 페헤르외르데그가 네지벤이며 그는 강도의 부하가 되었다.

─디오펠세그, 저는 하롬우르를 모시고 춘천으로 진군하고 있는 중입니다.

하롬은 이번 전쟁에 17개의 영지가 가담한 쾨즈폰드섹헤이의 사령관으로 출전했다고 했었다.

─마쇼디크우르께서 경기도 북부와 동부, 그리고 춘천시를 점령하라고 명령하셨습니다. 잠시 기다리십시오.

5분 후에 하롬의 목소리가 전해졌다.

─디오우르, 하롬입니다.

그의 목소리에는 반가움과 불안함이 섞여 있었다.

"마쇼디크는 어디에 있느냐?"

―샤하쿠카이를 만난다는데 잘 모르겠습니다.

샤하쿠카이는 요계 페르다우의 최고 우두머리다.

마쇼디크가 샤하쿠카이를 만난다는 것은 마계와 요계가 이미 손을 잡았거나 이제부터 손을 잡을 거라는 뜻이다.

또한 마쇼디크가 총공세를 펼치는 것은 이슈텐이 돕고 있기 때문이었다.

문제는 일루미나티가 어디에 있느냐는 것이었다.

어쩌면 샤하쿠카이가 일루미나티하고 같이 있을지도 모른다. 아니, 그럴 공산이 컸다.

강도는 벌써 몇 번이나 마쇼디크에게 가려고 했는데 공간 이동이 되지 않았다.

이슈텐이 훼방을 놓고 있는 게 분명하다. 이슈텐이라면 강도가 마쇼디크에게 공간 이동하는 것을 막을 수 있다. 일종의 결계 같은 것을 치면 가능하다.

"하롬, 마쇼디크가 있는 곳을 알아낼 수 있겠느냐?"

―지금 제가 이동하고 있는 중이라서 어렵습니다.

"마쇼디크가 어디쯤 있는지 근처만 알아도 된다."

―알아보겠습니다. 기다리십시오.

강도는 이번 일이 원만하게 해결되면 하롬에게 마계 쾰드빌라그의 통치권을 줘야겠다고 생각했다.

하롬처럼 생각이 깊고 융통성이 있는 인물이 쾰드빌라그를 통치한다면 요게나 현 세계하고도 잘 지낼 수 있을 것이다.

총본으로 사용하고 있는 대강당 한쪽에는 칸막이를 쳐놓고 안쪽에 강도가 있을 공간을 마련했다.

"오빠, 뭐가 잘 안 돼?"

강도가 하롬과의 통신을 끝내자 소파 강도 옆에 앉은 주아가 궁금한 얼굴로 물었다.

맞은편에는 음브웨와 라이니카, 칠러그가 앉아 있고, 옥령과 태청은 옆에 서 있다.

"마쇼디크가 있는 곳을 모르겠어."

"이슈텐이 마쇼디크하고 같이 있는 거야?"

강도는 고개를 끄떡였다.

강도와 주아 말고는 다들 두 사람이 무슨 얘기를 하고 있는지 모르고 있다.

"마쇼디크가 샤하쿠카이를 만난다고 하더군."

주아는 눈을 반짝거렸다.

"말라이카와 에찌가 샤하쿠카이하고 있을 거야. 그런데 마쇼디크가 그들을 만나면 모두 같이 있는 거잖아."

그때 하롬의 말이 들려왔다. 물론 강도의 귀에만 들리는 것이었다.

—마쇼디크는 서울에 있다고 합니다.

"서울 어디냐?"

—광화문이라는 것만 알고 있습니다. 거기에서 마쇼디크가 샤하쿠카이를 만난다고 합니다.

"알았다."

—저는 어떻게 하면 됩니까?

"공격을 중지하고 쾨즈폰드섹헤이로 돌아가라."

—디오우르.

강도는 하롬이 무슨 말을 하려는지 읽었다.

하롬이 마군을 이끌고 쾨즈폰드섹헤이로 돌아가면 엄연한 명령 불복종이다.

지금 같은 총공세 명령을 불복종한다면 아무리 마쇼디크의 동생이고 왕족이라고 해도 살아남기 어려울 것이다.

하롬은 강도가 무슨 일을 하려는 것인지 궁금해하고 있었다.

그렇지만 강도는 그걸 하롬에게 말해서는 안 된다. 하롬을 믿기는 하지만 만에 하나 계획이 사전에 누설되면 도로아미타 불이다.

또한 지금으로선 하롬에게 아무런 약속도 해줄 수가 없다.

"하롬, 날 믿어라."

—믿습니다.

"너의 노력이 쾰드빌라그를 살리게 될 것이다."

그렇게 말해주는 것이 최선이다.

—디오우르, 칠러그는 어떻게 됐습니까?

강도는 칠러그를 손짓으로 불러 옆에 앉게 하고는 그녀의 손을 잡아 통신할 수 있게 했다.

"옆에 있으니까 말해라."

―칠러그.

강도를 통해서 하롬의 목소리를 듣자 칠러그는 그리움이 가득한 표정으로 눈물을 글썽거렸다.

"하롬, 저는 잘 있어요."

―칠러그, 조금만 더 기다려. 우린 곧 만나게 될 거야.

"하롬, 거즈더우람께서는 퓔드빌라그를 위해서 애쓰시니까 하롬이 무조건 도와야 해요. 알았죠?"

―그래, 잘 알고 있어. 칠러그, 몸조심해야 돼.

"걱정 말아요. 거즈어우람께서 저를 안전하게 지켜주세요."

하롬과의 통화를 끝낸 강도는 주아에게 말했다.

"놈들이 있는 위치를 알아냈다."

주아는 손을 뻗어 강도의 팔을 잡았다.

"가자, 오빠."

강도와 주아가 일어서자 옥령이 답답하다는 얼굴로 급히 물었다.

"주군! 무얼 하시려는 건가요?"

"이슈텐과 일루미나티를 없앨 거야."

"그것은……"

스으…….

옥령이 거기까지 말했을 때 강도와 주아가 흔적도 없이 사라졌다.

옥령은 발을 굴렀다.

"정말 주군께선 모든 게 자기 마음대로야!"

강도와 주아는 광화문우체국 앞에 나타났다.

거리에 사람들 모습은 한 명도 보이지 않고 마군들만 주위를 지키고 있거나 오가고 있었다.

마군만 득실거려서 마계가 서울을 완전히 점령했다는 사실이 실감 나는 광경이다.

강도는 광화문에 나타난 직후 자신은 마군 소대장 커토너로, 그리고 주아는 헤르초스의 모습으로 복장까지 완벽하게 변신을 했다.

주아가 두리번거리면서 물었다.

"놈들이 있는 곳이 어디야?"

"걸으면서 얘기하자."

강도는 자연스럽게 행동하려고 앞서 걸어가면서 재빨리 주위를 두리번거렸다.

마군이 장악하고 있는 서울 한복판 광화문에서 만나고 있다면 마쇼디크가 샤하쿠카이를 만나러 간 것이 아니라 샤하쿠카이가 마쇼디크를 만나러 온 것이다.

주아는 번화한 서울 거리를 구경하느라 두리번거리는데 정신이 없는 얼굴이었다.

강도는 걸으면서 주아의 손을 잡고 마쇼디크가 있는 곳으로 공간 이동을 시도했다.

부우웃…….

그런데 몸이 움찔거리면서 실패했다. 역시 이슈텐이나 일루미나티가 결계를 친 게 틀림없다.

그들 중 하나이거나 그들이 함께 결계를 쳤다면 강도로서는 뚫을 재간이 없다.

"안 돼?"

묻는 주아를 쳐다보다가 강도는 좋은 생각이 떠올랐다. 아니, 그가 아니라 스피리토가 떠올린 생각이다.

"주아야, 같이해 보자."

주아는 강도의 말뜻을 즉시 알아차렸다. 그녀의 능력을 강도에게 보태는 것이다.

"마쇼디크에게 가면 되는 거야?"

"신호하면 그냥 나한테 젠을 쏟아부어."

"알았어."

강도는 마쇼디크에게서 50m 떨어진 곳으로 공간 이동을 실행했다.

"지금이야."

주아는 자신의 젠을 강도와 잡은 손을 통해서 송두리째 쏟아냈다.

즈으으……

순간 걸어가던 강도와 주아의 모습이 홀로그램처럼 일그러지더니 그 자리에서 퍽 사라졌다.

강도와 주아는 어느 화려하고 넓은 식당 같은 곳 구석에 나타났다.

식당의 여기저기에는 마군들이 분주하게 오가고 있으며, 복판의 큰 테이블에 요리와 술 따위가 차려져 있었다.

강도는 식당 내에 있는 50여 명의 마군 중에서 가장 신분이 높은 페헤르외르데그의 정신을 제압해서 자신이 있는 구석 쪽으로 오도록 했다.

그런데 페헤르외르데그가 오자 한 명의 금발 여자가 뒤에서 따라왔다. 페헤르외르데그와 같은 계급의 여자인 페헤르셉셰그다.

둘이 어떤 관계인지는 모르지만 연인은 아닌 것 같고 책임자와 부책임자 정도 되는 것 같다.

강도는 페헤르외르데그로 주아는 페헤르셉셰그로 변신한 후에 남녀의 머리를 스캔했다.

"너희는 지금 즉시 이곳을 떠나 하롬과 합류하라."

명령을 받은 남녀가 식당을 나가는 것을 보고 강도는 주아와 함께 천천히 식당 중앙으로 걸어갔다.

그곳의 크고 화려한 테이블에서 잠시 후 마쇼디크와 샤하쿠카이가 만나서 회담을 할 예정이다.

강도는 모크샤의 디오와 교신했다.

"이곳 좌표 보냅니다."

강도는 테이블을 중심으로 30m 이내를 지정하여 좌표를 디오에게 보냈다.

―조심해라.

디오는 그 한 마디만 했다.

하지만 강도는 가슴이 훈훈해지는 것을 느꼈다.

그에게 디오는 친구 같은 아버지였다.

조금 전에 강도가 정신을 제압하고 그의 모습으로 변한 페헤르외르데그가 오늘 회합을 준비하는 책임자였다.

운이 좋았다.

그때 마군 렐레크부바르 한 명이 급한 걸음으로 다가와서 강도에게 예를 취했다.

"마쇼디크우르께서 오십니다."

강도는 입구로 걸어가며 짧게 명령했다.

"정렬!"

그의 머리에는 조금 전 제압하여 스캔한 페헤르외르데그의 지식이 담겨 있으므로 그하고 똑같이 행동하는 게 조금도 어색하지 않았다.

마군들이 입구 밖으로 몰려 나가서 테이블까지 두 줄로 넓고 길게 도열했다.

강도와 주아는 마군들 선두에 서서 복도를 쳐다보았다.

복도에도 마군 수십 명이 양쪽으로 길게 늘어서 있다.

그때 엘리베이터가 열리더니 그곳에서 여러 명이 우르르 복도로 쏟아져 나왔다.

'마쇼디크!'

그중에 강도가 알고 있는 얼굴 하나가 보였는데 바로 마쇼디크다.

그렇지만 강도는 곧 마쇼디크 뒤에서 나온 여자가 누군지도 알아보았다.

그녀를 본 적은 없지만 머리를 스캔한 페헤르외르데그가 알고 있는 여자다.

칠러그의 언니로서 왕족이며 새롭게 마쇼디크의 연인이 된 여자다.

마쇼디크가 푈드빌라그의 왕이 되면 그녀 페네시(Fényes:빛나는 아름다움)는 여왕이 될 것이다.

원래 마쇼디크는 하롬의 약혼녀인 칠러그를 열렬하게 사모

했었는데 어떻게 그녀의 연년생 언니를 연인으로 삼았는지 모를 일이다.

마쇼디크와 같이 내린 인물은 대단한 풍채의 소유자다.

거구에 깔끔한 복장이며 오른손에는 하나의 커다란 보석이 달린 홀(笏)을 쥐고 있다.

강도로선 한 번도 본 적이 없지만 그가 바로 요계 대왕 샤하쿠카이가 분명했다.

그런데 강도는 샤하쿠카이와 나란히 복도를 걸어오고 있는 아리따운 젊은 여자를 발견하고 어이없는 표정을 지었다.

그녀는 다름 아닌 주아였다.

카스리에서 주아의 측근 경호를 맡았던 우쭈리를 주아로 변신시켜 놓고 왔는데 어이없게도 그녀가 느닷없이 이곳에 나타난 것이다.

강도가 힐끗 돌아보니까 페헤르셉셰그로 변신한 주아의 얼굴이 씰룩거리고 있었다.

웃음을 겨우 참고 있는데 강도가 보기에 금방이라도 웃음을 터뜨릴 것만 같았다.

[주아, 웃지 마라.]

강도는 그녀의 손을 살며시 잡으며 전음을 보냈다.

[그럼 저걸 보고 울어? 끄윽… 끅…….]

그녀가 죽을힘을 다해서 결사적으로 웃음을 참고 있다는 사실을 강도는 알 수 있었다.

강도는 새로운 사실 즉, 주아가 전혀 긴장하고 있지 않다는 사실을 알게 되었다.

그렇게 마쇼디크와 그의 여인 페네시, 샤하쿠카이와 페르다우의 여신 주아 네 명이 복도를 걸어오고 있었다.

그러나 강도는 마쇼디크와 샤하쿠카이를 스캔하지 않았다.

스캔하는 순간 이슈텐과 일루미나티가 알아차릴 수 있기 때문이다.

일단 강도가 첫 번째 할 일은 여기에 이슈텐과 일루미나티가 있는지 확인하는 것이다.

강도와 주아는 다가온 마쇼디크 등을 향해 정중하게 허리를 굽혀 예를 취했다.

그들이 들어가자 강도는 뒤따라 들어가 앞장서 테이블로 안내했다.

강도는 자리에 앉는 샤하쿠카이를 보면서 생각했다.

'주아 혼자만 데려온 것을 보면 일루미나티가 함께 온 것이 분명하다.'

물론 주아는 가짜지만 샤하쿠카이가 그것을 알 턱이 없을 것이다. 일루미나티까지 속 줄은 몰랐지만 말이다.

일단 마쇼디크는 이슈텐이나 민덴허토샤크하고 접신해 있

는 것이 확실하다. 그게 아니라면 이런 자리에 용감하게 나서지 못했을 것이다.

마계의 여군 헤르초스들이 테이블을 오가면서 극진하게 시중을 드는 가운데 마쇼디크가 먼저 입을 열었다.

"만나서 반갑습니다. 나는 마쇼디크입니다."

마쇼디크가 일어나서 가볍게 고개를 숙이자 샤하쿠카이는 앉은 채 고개를 끄떡였다.

"샤하라고 하오."

그들은 유창한 한국어로 대화를 했다.

마쇼디크나 샤하쿠카이가 한국어를 잘할 리가 없다. 어쩌면 이슈텐과 일루미나티의 능력일지도 모른다.

하지만 이슈텐과 일루미나티가 있을 것이라는 추측만으로 디오에게 부루티탄을 발사하라고 통신할 수는 없다.

마쇼디크와 샤하쿠카이는 대화를 나누면서 식사를 시작했고, 가짜 주아와 페네시도 묵묵히 식사했다.

대화는 마계와 요계가 지구를 어떻게 분할하는지에 대한 것이 주요 내용이었다.

그것이 성사되면 아래층에 있는 마계와 요계의 측근과 참모들이 세부 사항에 대해서 논의한다는 것이다.

강도는 실내에 있는 마군들을 모두 밖으로 내보내고 시중을 드는 헤르초스 2명만 남겨두었다.

스피리토가 한 가지 방법을 생각해 냈다. 그것은 가짜 주아를 이용하는 것이다.

마쇼디크와 샤하쿠카이가 한창 대화를 나누고 있는데 주아가 맛있게 요리를 씹으면서 마쇼디크를 보고 불쑥 입을 열었다.

"차그라, 우리 따로 얘기 좀 할까?"

그런데 그녀가 한 말은 헤이든어다. 즉, 헤이든인인 이슈텐만이 알아들을 수 있다.

마쇼디크는 가짜 주아를 보면서 눈을 껌뻑거렸다.

"차그라는 오지 않은 거야?"

역시 가짜 주아가 헤이든어로 말했지만 말뜻을 알아듣지 못하는 마쇼디크는 물끄러미 그녀를 바라보면서 묵묵부답일 뿐이다.

강도는 마쇼디크에게서 아무런 반응이 없는 걸 보고는 이슈텐이 오지 않았다고 판단했다.

이슈텐이 없다면 오늘 계획은 무산되고 만다.

강도와 주아는 가짜 주아의 머릿속에 온 신경을 쏟으면서 기다렸으나 이슈텐의 반응은 없었다.

"뭐라고 말한 거요?"

마쇼디크가 가짜 주아를 보면서 약간 불쾌한 얼굴로 미간을 좁히며 물었을 뿐이다.

그의 표정을 보고 샤하쿠카이가 조용히 꾸짖었다.

"조심하시오. 페르다우의 여신이시오."

"아……."

샤하쿠카이를 따라온, 눈이 번쩍 떠질 만큼 아름다운 여자가 누군지 내심 신경을 곤두세우고 있던 마쇼디크는 얼마나 놀랐는지 앉은 자리에서 궁둥이가 한 뼘쯤 떨어졌다.

주아가 샤하쿠카이와 어떤 관계일까 골몰하고 있던 마쇼디크의 놀라움은 이만저만하지 않았다.

마쇼디크는 벌떡 일어나서 주아에게 정중히 허리를 굽혔다.

"용서하십시오, 뭄바펠세그."

한 번도 뭄바를 본 적이 없는 마쇼디크는 주아가 뭄바라고 착각을 한 모양이다.

그런데도 샤하쿠카이는 마쇼디크에게 그녀는 뭄바가 아니라고 진실을 알려주지 않았다.

그때 가짜 주아는 천천히 우아하게 일어서며 샤하쿠카이에게 말했다.

"가자. 차그라도 없는 회담은 의미가 없어. 껍데기하고 무슨 얘길 하겠어?"

이번 말은 한국어라서 마쇼디크도 알아듣고 크게 당황했다.

"차그라가 누굽니까?"

주아는 이미 자리를 벗어나 입구로 가면서 뒤돌아보지도 않고 대답했다.

"누구긴 누구야. 이슈텐의 원래 이름이지."

"아……."

마쇼디크는 깜짝 놀랐다. 그는 이슈텐에게 원래 이름 같은 것이 있는지 까맣게 모르고 있었다.

강도는 샤하쿠카이가 주아의 갑작스러운 행동에도 눈살을 찌푸리거나 불쾌한 표정을 짓지 않는 걸 보고 그가 주아를 진짜 주아로 믿는다고 생각했다.

주아는 벌써 입구까지 갔다.

강도와 진짜 주아가 짐짓 당황한 표정을 지으면서 그녀를 뒤쫓아 갔다.

가짜 주아는 걸어가면서 냉랭하게 말했다.

"설마 내가 너하고 소꿉장난이나 하려고 여기까지 온 거라고 생각하는 건 아니겠지?"

샤하쿠카이도 일어섰다.

"끙… 이 회담은 결렬이로군."

그는 주아의 의견에 전적으로 따랐다. 이슈텐이 없는 회담은 하나마나이기 때문이다.

마쇼디크는 당황해서 급히 손을 내밀어 그를 잡으려고 했다.

"이것 보십시오, 쿠카이……!"

강도는 샤하쿠카이까지 자리를 박차고 나오는 걸 보고 이 슈텐은 이곳에 오지 않았음을 확신했다.

샤하쿠카이는 불쾌하다는 듯 투덜거렸다.

"우린 여신과 일루미나티까지 모두 직접 왕림하셨는데 그쪽은 너무하는군. 이런 식이라면 앞으로 우리가 다시 만날 일은 없을 거야."

'일루미나티!'

강도는 움찔했다.

일루미나티가 왔다고 한다. 아마 샤하쿠카이에 접신해 있는 모양이다.

그런데 이슈텐이 없다.

'우라질!'

강도는 맥이 쑥 빠졌다.

그는 주아와 함께 가짜 주아를 붙잡는 체하면서 입구 밖으로 나섰다.

그때 뒤에서 마쇼디크가 나직하게 말했다.

"너는 뭄바가 아니로구나. 파라마누의 딸이냐?"

여태까지와는 달리 가라앉은 차분한 말투다.

강도는 흠칫했으나 계속 입구 밖으로 나갔고 그 대신 가짜 주아를 돌아서게 했다.

가짜 주아는 마쇼디크를 보면서 도도한 표정을 지었다.

"그걸 네가 어떻게 알지?"

마쇼디크는 묘한 미소를 지었다. 미소라고 하지만 정감이 없고 살얼음 같은 느낌이 들었다. 필경 그것은 그가 짓는 미소가 아니다.

"파라마누가 딸을 낳다니, 그렇다면 카르만이 아버지라는 얘긴가?"

주아는 아버지에 대해서 모르고 있는 것으로 되어 있기 때문에 가짜 주아는 발끈했다.

"카르만이 누구냐?"

"오… 이런, 파라마누가 너에게 아직 아버지에 대해서 말해 주지 않은 모양이구나."

강도는 마쇼디크에게 이슈텐이 접신해 있는 것이 분명하다고 판단했다.

가슴이 뛰는 것을 겨우 억눌렀다. 이슈텐이나 일루미나티는 심장 뛰는 소리조차도 그냥 지나치지 않을 것이다.

강도는 가짜 주아를 테이블로 돌아가게 했다.

"내 아버지가 누구지?"

가짜 주아가 테이블로 걸어가면서 묻자 샤하쿠카이가 손을 내저었다.

"그런 얘기는 그만두고 하던 얘기나 계속하시죠."

모두 자리에 앉고 대화가 다시 시작될 때 강도는 마지막으로 하나를 더 확인해 보고 싶었다.

샤하쿠카이에게 정말로 일루미나티가 접신해 있는지를 확인하는 것이다.

조금 전에 샤하쿠카이는 일루미나티가 왔다고 했지만 그건 그의 말일 뿐이다.

진지한 대화 중에 가짜 주아가 불쑥 말했다.

"동맹 같은 거 하지 말고 그냥 우리가 현 세계 전체를 차지하는 건 어때?"

그 말에 모두 뚝 하고 동작을 멈추었다.

가짜 주아는 아랑곳하지 않고 과일을 씹으면서 종알거렸다.

"마계하고 나누기에는 현 세계가 너무나 아름답거든? 우리 페르다우가 다 차지하는 거야."

"그만하시오."

샤하쿠카이가 점잖게 타일렀다.

가짜 주아는 엄한 표정을 지었다.

"샤하, 무엄하구나. 네가 감히."

샤하쿠카이는 찔끔해서 고개를 숙였다.

"용서하십시오."

그때 가짜 주아의 머릿속에서 어떤 음성이 잔잔하게 울렸다.

—주아, 입 다물어라.

강도는 움찔했다.

'말라이카!'

강도는 예전에 수노와 본대비제 행세를 했던 말라이카하고 숱하게 많은 대화를 나눈 적이 있었다.

그가 봤을 때 방금 들은 목소리는 말라이카가 분명했다. 또한 주아에게 이런 식으로 강하게 말할 수 있는 건 말라이카뿐이다.

그때 샤하쿠카이가 힐끗 강도를 쳐다보았다.

강도는 뜨끔했으나 빠르게 정신을 수습하고 잔잔한 마음을 되찾았다.

샤하쿠카이는 잠시 강도를 주시하다가 시선을 거두었다.

강도는 가슴을 쓸어내리며 조심해야겠다고 생각했다.

샤하쿠카이는 앞에 앉은 마쇼디크를 보는데 말라이카는 계속 가짜 주아에게 말했다.

─주아, 여긴 네가 끼어들 자리가 아니다. 잠자코 있으면서 내가 시키는 대로만 해라.

가짜 주아는 명령에 따라 눈을 내리깔고 가만히 있었다.

그걸 보면 일루미나티의 우두머리는 말라이카이고 그가 주아 위에 있는 것이 분명하다.

마침내 한자리에 이슈텐과 일루미나티가 다 모였다.

에찌를 확인하지는 않았지만 설혹 에찌가 지구에 혼자 남게 된다고 해도 무서울 건 없다.

말라이카 없는 에찌라는 것은 기사 없는 중장비 같은 존재일 뿐이다.

기사가 없으면 아무리 무지막지한 중장비라고 해도 한낱 고철덩이에 불과하다.

마쇼디크와 샤하쿠카이의 대화가 다시 시작되었다.

3분쯤 후에 강도는 가만히 주아의 손을 잡았다가 놓았다.

디오에게 신호를 보내기 위해서 밖으로 나가려는 것이다.

강도는 천천히 몸을 돌려 혼자 입구로 걸어갔다.

문을 열기 전에 슬쩍 돌아보니까 다들 대화에 열중하고 있는 모습이다.

그리고 주아와 눈이 마주쳤다.

주아는 생긋 웃었다.

눈이 반짝였는데 강도는 그게 눈물처럼 보였다.

만난 지 오래되지는 않았지만 이복 남매 사이에 정이 들었던 모양이다.

강도의 입술 끝이 미미하게 꿈틀거렸다. 웃어 보이려고 했는데 그게 주아에게 웃는 것으로 보였는지는 모르겠다.

강도는 밖으로 나와서 복도를 걸어가며 디오에게 정확한 좌표를 새로 전송했다.

그때 강도는 복도 옆에 화장실을 발견했고 거기로 마군들이 드나드는 것을 봤다.

그는 그때 마군도 대소변을 본다는 사실을 처음 알았다. 하긴 마족도 인간의 변종이니까 생리 작용 하는 것이 당연할 것이다.

그가 화장실로 들어갈 때 디오의 목소리가 들렸다.

─1분 후에 부루티탄을 발사한다.

강도는 소변기 앞에 서서 지퍼를 열었다. 마침 소변이 마려웠다.

─주아는 제 위치에 세워놓았느냐?

─그렇습니다.

─강도야.

─말씀하세요.

─아버지라고 불러주겠느냐?

강도는 깜짝 놀라서 오줌을 누다가 오줌 줄기가 흔들렸다.

디오가 그런 요구를 할 줄은 전혀 예상하지 못했다.

그는 마른침을 삼키고 말했다.

─아버지.

─고맙다.

그러고는 교신이 끊어졌다.

오줌이 다 나왔는데도 강도는 소변기 앞에 멍하니 우두커니 서 있었다.

그때 갑자기 화장실 밖에서, 정확히 식당 쪽에서 무슨 묵직한 굉음이 터졌다.

쿠우웅…….

그러고는 화장실 전체가 가볍게 진동했다. 사실은 빌딩 전체가 진동한 것이다.

부루티탄이 발사됐다.

강도는 긴 한숨을 토해냈다.

"끝났다."

그때 바로 옆에서 누군가 방금 강도가 한 것처럼 긴 한숨을 내쉬었다.

"휴우… 그래, 끝났어."

강도는 그쪽을 힐끗 쳐다보다가 그대로 굳어버렸다.

"주아……."

주아가 남자 화장실에, 그것도 강도 옆에 뒷짐을 지고 서서 방글방글 웃으며 그를 빤히 바라보고 있었다.

"너 왜……."

주아는 강도가 지퍼 밖으로 꺼내놓은 것을 손가락질하면서 깜짝 놀랐다.

"야아… 오빠 거 되게 크다."

강도는 급히 지퍼를 올렸다.

"너 어떻게 된 거야? 부루티탄 실패한 거야?"

주아는 고개를 도리도리 가로저었다.

"모르겠어. 나는 그 전에 오빠 따라서 나왔거든."

"뭐?"

"조금 전에 오빠가 따라 나오라고 나 쳐다보면서 신호를 보냈잖아."

"내가 언제……."

강도는 급히 화장실 밖으로 뛰어나갔다.

실패했다면 조금 전에 들린 굉음과 진동은 뭐라는 말인가.

복도를 뛰어가던 강도는 우뚝 멈추며 놀라는 표정을 지었다.

그의 앞에 있어야 할 식당이 사라지고 없었다.

지름 20m 정도의 커다란 구멍이 원통형으로 아래에서 빌딩 꼭대기까지 뻥 뚫려 있었다.

"성공했잖아?"

언제 따라왔는지 옆에서 주아가 종알거렸다.

강도는 몇 걸음 앞으로 걸어가서 아래를 굽어보았다.

이곳은 40층짜리 대형 호텔인데 바닥까지 원통형으로 거대한 구멍이 뚫렸으며 위를 쳐다보니까 구멍으로 하늘이 훤하게 보였다.

주위 어디를 둘러봐도 마쇼디크와 샤하쿠카이의 모습은 보이지 않았다.

주아가 강도의 손을 잡고 깔깔거렸다.

"난 지구가 좋아. 지구에서 태어났는걸? 헤이든은 아버지 어머니의 고향이지 내 고향이 아냐. 그러니까 난 지구에서 살 거야."

주아는 강도의 신호 따월 받고서 따라 나온 것이 아니다. 그녀는 지구에 남을 생각이었다.

강도는 어이없는 표정으로 주아를 쳐다보았다.

마군들이 실성한 것처럼 두 사람 주위로 몰려들면서 떠들 어대고 있다.

강도는 주아의 손을 잡고 돌아서다가 식당 입구 옆에 한 금 발의 여자가 쓰러져 있는 것을 발견했다.

칠러그의 언니이며 마쇼디크의 여자인 왕족 페네시다.

조금 전에 그녀는 화장실에 가려고 막 식당을 나서다가 뒤 쪽이 부루티탄에 명중되어 통째로 사라지자 그 충격에 그녀 는 나가떨어지며 기절한 것이다.

강도는 페네시를 안고 한적한 곳으로 갔다가 부천시청 총 본으로 공간 이동을 했다.

강도가 부천시청 총본 자신의 집무실로 공간 이동을 했을 때 그곳에 있는 사람은 음브웨와 라이니카, 칠러그뿐이었다.

그녀들은 그사이 많이 친해져서 무엇을 해도 자기들끼리

똘똘 뭉쳤다.

처지가 비슷하기 때문인데 지금도 이곳에서 강도를 걱정하면서 얘기를 나누고 있는 중이었다.

칠러그는 강도가 소파에 내려놓는 페네시를 발견하고 낮게 비명을 질렀다.

"앗! 페네시 언니!"

강도는 페네시가 정신이 제압당했다는 것을 처음 봤을 때부터 알고 있었다.

마쇼디크가 페네시를 원하기 때문에 아마 이슈텐이 그녀의 정신을 제압해서 그에게 주었을 것이다.

모르긴 해도 페네시도 칠러그처럼 마쇼디크를 거부했던 모양이다.

강도는 페네시의 정신을 풀어주고 그녀가 깨어나기도 전에 밖으로 나갔다.

이슈텐과 일루미나티가 사라졌으므로 마군과 요군 토벌 계획을 세워야 한다.

또한 디오가 마군과 요군이 침공하기 전으로 시간을 되돌릴 수 있으니까 거기에 대한 대비와 계획도 세워야 한다.

지금은 주아를 어떻게 할 것인지에 대해서는 생각할 겨를이 없었다.

―강도야.

그때 걸어가고 있는 강도의 머릿속에서 디오의 나직한 목소리가 들렸다.

강도는 걸음을 멈추었다. 디오가 왜 그를 불렀는지 직감했기 때문이다.

―되돌아갈 날짜와 시간을 말해라.

강도에 앞서 스피리토가 정확하게 계산했다.

―1월 15일 밤 10시입니다.

1월 17일 화요일 오전 9시 12분에 서울과 경기 지역에 화산 폭발과 대지진이 일어나 아비규환으로 돌변했었다.

그리고 1월 15일 밤 9시에 페르다우에서 라이니카의 춤비족 317명을 구해내 왔었다.

그러니까 춤비족을 구해서 총본으로 돌아온 후가 적당하다.

―1분 후에 시작하겠다. 1분 안에 네 몸과 연결되어 있는 사람들은 기억이 과거로 돌아가지 않고 모두 기억하게 될 것이다.

강도는 정신이 번쩍 들어 소리쳤다.

"모두 나한테 모여라!"

저 멀리에 있던 사람들이 놀라서 그를 쳐다보았다.

"지금 당장 모두 나한테 붙어라!"

가장 가까이 있던 주아가 무슨 일인지 묻지도 않고 두 팔로 그의 허리를 끌어안았다.

몇 걸음 거리의 집무실에 있던 음브웨와 라이니카, 그리고 칠러그가 언니 페네시의 손을 잡고 달려왔다.

30m쯤 떨어진 총본 시스템 앞에 있던 옥령과 태청을 비롯한 수십 명이 전력으로 경공을 전개하여 강도에게 쏘아왔다.

그 순간 대강당 전체가 진공 상태로 변해 버렸다.

고오오――

그리고 모든 것이 정지했다.

강도를 비롯하여 그에게 매달리거나 거기에 연결된 사람들이나 달려오고 날아오는 사람들이 취하고 있는 동작 그대로 정지했다.

그 상태로 5초쯤 지났을 때 갑자기 정지 상태가 풀리면서 모든 것이 새하얗게 변했다.

파아앗―

쿠쿵… 쿠다당…….

그리고 다시 원래의 광경을 되찾으면서 균형을 잃은 사람들이 바닥에 나뒹굴었다.

"앗!"

"으윽……."

강도는 재빨리 주위를 둘러보았다.

주위의 광경이 변했다면 디오의 시간 되돌리기가 성공했다는 뜻이다.

그런데 주위가 변했다. 이곳은 조금 전까지 강도가 있었던 부천시청 대강당이 아니다.

문득 강도 입가에 미소가 번졌다.

강도 앞에는 요계 와다무 춤비족이 모여서 그를 쳐다보고 있으며, 춤비족장이며 라이니카의 아버지인 폼부가 그에게 무슨 말인가 하고 있는 중이다.

춤비족들은 모두 인간의 모습을 하고 있다.

그러니까 이건 1월 15일에 페르다우에서 데리고 나온 춤비족에게 영종도 라이징호텔에서 인간화 작업을 종료한 직후가 분명하다.

그런데 춤비족장 폼부가 커다란 그릇을 두 손으로 떠받치고 강도에게 내밀고 있다.

"뭔가?"

그렇게 물으면서 강도는 며칠 전에 지금과 똑같은 질문을 폼부에게 했었던 기억이 되살아났다.

"외카다무입니다."

며칠 전에 그는 춤비족 317명을 요족 와다무에서 인간으로 만들어주었고 그 과정에서 제거된 정혈낭 외카다무를 317개나 먹었다.

그것도 억지로 꾸역꾸역…….

하필이면 지금 그 상황이 다시 재현되고 있었다.

춤비족장 폼부는 얼굴에 공손한 미소를 지었다.

"드십시오."

강도는 무슨 일이 있더라도 자신이 317개의 외카다무를 먹게 될 것이라는 사실을 알고 있었다.

강도는 317개의 외카다무를 하나도 남기지 않고 꼭꼭 씹어서 다 먹었다.

그리고 마지막 317개째 외카다무가 목구멍으로 넘어가기도 전에 그곳을 나와 총본 시스템이 있는 신군탑 꼭대기 층으로 달려갔다.

부천시청 대강당에서 강도와 같이 1월 15일로 시간 여행을 한 사람은 옥령, 태청, 주아, 음브웨, 라이니카, 칠러그, 페네시 7명이었다.

총본 신군탑은 작은 소란이 일어난 상황이다.

조금 전에 천룡은 옥령, 현천자, 혜광 등과 대화를 하고 있는 중이었는데 갑자기 눈앞에 있던 옥령이 흔적도 없이 픽 사라져 버린 것이다.

그런데 바로 그때 강도 일행이 신군탑으로 몰려들어 오고 있었다.

천룡 등은 사라졌던 옥령은 물론이고 조금 전까지 이곳에 있었던 태청까지 들어오는 것을 보고 어리둥절해졌다.

강도는 한쪽에 있는 회의실로 걸어갔다.

"모두 모여라."

강도가 회의실 상석에 앉아서 다들 모이기를 기다리고 있는데 갑자기 디오의 목소리가 들렸다.

―강도야, 내 말을 듣기만 해라.

'아버지……'

강도는 '아버지'라는 소리가 목구멍까지 솟구치는 것을 간신히 억눌렀다.

이제 영원히 끝난 줄만 알았던 디오가 다시 연락해 올 줄은 예상하지 못했다.

―주아를 보내지 않으면 파라마누가 다시 지구로 돌아가겠다고 고집을 피우고 있다.

파라마누 성격으로 봐서는 그러고도 남는다. 디오는 그녀의 고집을 꺾지 못할 것이다.

사실 강도로서도 주아가 골칫거리다.

그는 이복 여동생인 주아와 헤어지는 것이 서운하기는 하지만 어디로 튈지 모르는 신이 지구상에 존재한다는 것은 위험천만한 일이다.

그는 더 이상 신 같은 것은 지구에 존재하지 않아야 한다는 신념을 갖게 되었다.

―모크샤가 워프할 때까지 3분 남았다. 그 전에 주아를 이

리 보내줘야겠다.

강도는 옆에 앉아서 맛있는 듯 콜라를 홀짝거리면서 마시고 있는 주아를 힐끗 쳐다보았다.

－연료가 얼마 없어서 기회는 한 번뿐이다. 정확한 좌표를 보내다오. 주아만 데려가겠다.

디오의 말이 끝났을 때 어느덧 강도의 측근들이 회의실에다 모였다.

강도는 갑자기 벌떡 일어나서 아무 말도 하지 않고 밖으로 나갔다.

주아에게 따라 나오라고 할 필요가 없다. 그녀는 언제나 강도를 그림자처럼 따라다닌다.

주아가 마시던 콜라 캔을 쥐고 강도를 급히 뒤따르고 다른 사람들은 의아한 표정으로 쳐다보기만 했다.

강도는 마침 지나가는 부하에게 담배 한 개비를 빌리고 불을 붙였다.

주아는 우두커니 서서 강도가 담뱃불을 붙이는 걸 신기한 듯이 지켜보았다.

담뱃불을 붙여준 부하가 허리를 굽히고는 물러가고, 강도는 담배를 피우면서 걸어가다가 방금 지난 곳의 좌표를 디오에게 알려주었다.

그러고는 돌아서서 담배 연기를 내뿜으며 말했다.

"주아, 거기 서라."

따라오던 주아는 뚝 멈췄다.

강도는 주아를 응시했다.

"오빠가 너한테 할 말이 있다."

"뭔데?"

5m 거리에 있는 주아는 쪼르르 다가왔다.

"거기 서라고 했다."

5초 남았다.

주아는 다가오다가 그 자리에 멈췄다.

강도는 주아가 2m쯤 다가올 것을 예상하고 지금 그녀가 서 있는 곳의 좌표를 디오에게 보냈었다.

주아는 콜라 캔을 손에 쥐고 의아한 표정을 지었다.

"오빠, 왜 그래?"

강도는 길게 담배 연기를 뿜어냈다.

"주아."

"응?"

"잘 가라."

"그게 무슨……."

말하다가 주아는 뭔가 낌새가 이상하다는 것을 느꼈다.

"오빠, 지금 뭐 하려는 건지……."

비유움…….

바로 그때 천장을 뚫고 한 줄기 투명한 빛이 내리꽂히면서 주아를 감쌌다.

강도는 담배 연기 사이로 주아의 눈이 한껏 커지는 것을 분명하게 보았다.

그러고는 정지 화면처럼 주아의 몸이 분자화되어 스러지고 곧 투명한 빛과 함께 사라졌다.

강도는 방금 전에 주아가 서 있던 곳을 바라보다가 고개를 들고 위를 쳐다보았다.

천장에 반경 1m 정도의 구멍이 뻥 뚫려 있었다.

천장에만 구멍이 뚫리고 바닥은 멀쩡한 것으로 미루어 디오는 주아를 데려갈 만큼의 부루티탄만 발사한 모양이다.

뚫린 구멍에서 주아의 악쓰는 소리가 들려오는 것만 같았다.

"잘 가라, 주아."

옥령이 회의실에 모인 측근 모두에게 앞으로 일어났었던 일에 대해서 설명했다.

'앞으로 일어났었던 일'이라는 게 이상한 표현이지만 강도와 옥령 등은 그걸 몸서리쳐지게 겪었기 때문에 그렇게 말할 수밖에 없다.

옥령이 설명하고 태청이 부연 설명을 했지만 측근들은 쉽게 믿으려고 하지 않았다.

"믿어라."

강도가 한 마디 하고 나서야 그들은 이 황당한 일을 믿으려고 애썼다.

마계와 요계는 극도의 혼란에 빠져 있을 것이다.

강도가 눈으로 보지 않아도 본 것처럼 훤하다.

마계와 요계를 이끌던 이슈텐과 주아, 일루미나티가 갑자기 사라져 버렸으니 혼란에 빠질 수밖에 없다.

그렇기 때문에 그들은 모든 계획을 취소하고 쥐 죽은 듯이 잠잠하면서 사태를 지켜보려고 할 것이다.

강도는 칠러그의 언니 페네시를 지하로 돌려보내야겠다고 생각했다.

어떻게 해서라도 하롬을 만나든지 그와 연락을 해야 하기 때문이다.

"이걸 하롬에게 주고 몸에 붙이라고 해라."

강도는 부천 중앙공원 내의 얼음 썰매장에 있는 마계로 통하는 통로 아차로 앞에서 페네시에게 말했다.

그는 며칠 후 미래에서 마군 부천시 점령군 지휘관이었던 네비젠에게 만들어준 통신 좌표용 패치를 공기 중의 원소에서 만들어 페네시에게 주었다.

"그리고 이건 네가 붙여라."

이어서 그녀에게도 패치를 하나 주었다.

"어디에 붙이죠?"

"보이지 않는 곳에 붙이는 게 좋겠다."

칠러그가 일러주었다.

"배에 붙여, 언니. 이리 줘봐."

칠러그는 페네시의 배를 걷고 뽀얀 살결의 배꼽 위에 통신 좌표용 패치를 붙였다.

강도가 보고 있지 않지만 페네시는 부끄러워서 자꾸 그를 힐끔거렸다.

강도는 얼음 썰매장 설비를 관리하는 지하실 옆 벽면을 슬쩍 쓰다듬었다.

스르릉…….

그러자 엘리베이터처럼 문이 열렸다.

"이게 뭔지 알지?"

"네, 아차로예요."

"타고 내려가면 거기에 누가 있을 테니까 하롬이 있는 곳으로 보내달라고 해라."

"아무도 없으면 어떻게 하죠?"

"그럼 내게 연락해라."

"어떻게……."

강도는 패치를 붙인 배를 가리켰다.

"패치를 손으로 누르고 말하면 된다."

"알겠어요."

강도는 페네시의 등을 슬쩍 건드려서 아차로 안으로 밀어넣었다.

"아⋯⋯."

페네시는 아차로 밖에 나란히 서 있는 강도와 칠러그를 바라보았다.

그녀는 동생 칠러그가 강도를 거즈더우람으로 모시게 됐다고 한 설명을 들었다. 하지만 그녀는 칠러그가 강도를 사랑하고 있다는 사실을 알게 되었다.

심하게 말하면 칠러그가 하롬에게 돌아가지 않을지도 모른다는 생각이 들 정도였다.

그르⋯⋯.

아차로 문이 닫히고 아래로 쑤욱 하강했다.

제43장
포콜(Pokol : 지옥)

　강도는 외방계 페르다우와 현 세계로 통하는 모든 차원 통로를 점검하고 철저하게 봉해 버렸다.

　그렇게 해두면 요족들은 절대로 페르다우에서 빠져나오지 못하고 영원히 그곳에서 살게 될 것이다.

　물론 페르다우에 일루미나티가 없다는 전제하에 가능한 일이다.

　일루미나티가 디오의 모크샤에 태워지지 않았다면, 그래서 페르다우에 있다면 마계보다 더 무서운 적이 될 것이다.

　그러나 지금으로선 일루미나티가 디오와 함께 헤이든으로

가고 있거나 디오에 의해서 소멸됐다고 봐야 한다.

현 세계에 요족들이 얼마나 나와 있는지 모르지만 이제 그들은 낙동강 오리알 같은 신세다.

그들 중 현 세계 인간들 속에 동화되어 살고 있는 자들이 있을지도 모른다.

그런 자들은 그냥 놔둬야 한다는 게 강도의 생각이다. 그런 자들까지 색출해서 처벌하는 것은 옳지 않다. 현 세계 인간에 동화했으면 그대로 살아가면 된다. 어차피 최초에는 다 같은 인간들이었다.

대통령 강태석은 긴 한숨을 토해냈다.

"하아… 그런 일이 있었다니……."

청와대 회의실 상석에는 대통령이 앉아 있고 그의 오른편에는 강도가, 강도 뒤에는 옥령이 서 있다.

그리고 각 부의 장관들과 합참의장 등이 둥근 테이블에 빙 둘러 앉아 있다.

강도는 조금 전에 대통령 이하 이곳 모든 사람의 뇌리에 그동안 있었던 일들을 각인시켜 주었다.

강도 자신과 측근들의 개인적인 신상에 관한 것들을 제외한 전체 내용을 심어준 것이다.

수십만 년 전에 다른 우주에 존재하는 헤이든이라는 행성에서 지구에 온 3명의 헤이든인에 대한 내용을 시작으로, 앞으로 하루가 지나면 마계와 요계가 대한민국을 비롯하여 전 세계에서 중요한 몇 나라를 침공하여 수천만 명의 인명을 살상하게 될 것이라는 사실까지 거의 빠짐없이 지식을 주입했다.

강도가 심어준 내용에 대해서는 불신을 품지 못한다. 그것은 선택이 아니라 강제적이기 때문이다.

대통령을 비롯한 모든 사람은 엄청난 충격에서 헤어나지 못하고 여기저기에서 탄성과 한숨이 터져 나왔다.

"저어……."

대통령은 바로 옆의 강도를 쳐다보며 어렵사리 말문을 열었지만 다음 말을 잇지 못했다.

강도가 심어준 기억에 의하면 강도는 삼신 중에 하나인 디오이며 그가 바로 인간을 만들었다.

말하자면 인간들에게 있어서 강도는 조물주이며 창조주인 셈이다.

비록 디오, 아니, 카르만은 다른 신들을 데리고 헤이든으로 돌아갔지만 강도는 여전히 신인 것이다.

그에 비하면 대한민국 같은 코딱지만큼 작은 나라의 대통령이라는 신분은 지푸라기 같은 하찮은 존재일 뿐이다.

"말씀하십시오."

"어이쿠! 말씀 낮추십시오……."

강도가 정중하게 말하자 대통령은 깜짝 놀라서 벌떡 일어나며 두 손을 저었다.

강도는 엷은 미소를 지었다.

"그러지 마십시오. 저는 이강도일 뿐입니다."

"그렇지만… 저희들… 인간을 만드셨잖습니까?"

"하아……."

"기억하지 못하십니까?"

"기억합니다."

"어휴… 그런데 어찌 저 같은 것이 감히……."

대통령이 의자에서 빠져나와 바닥에 무릎을 꿇으려고 하자 모두들 그를 따라서 했다.

"그러지 마십시오."

강도는 난감한 표정을 지었다.

대한민국 군대와 공권력의 협조가 필요하기 때문에 어쩔 수 없이 대통령 등에게 사실을 심어준 것이지 이러라는 게 아니었다.

그런데 대통령과 장관들은 벌써 바닥에 무릎을 꿇고 엎드려서 어쩔 줄을 모르고 우왕좌왕하고 있었다.

후우우…….

그런데 그때 부복해 있던 사람들이 그 자세 그대로 공중으로 붕 떠올랐다.

"아앗!"

"우왓!"

한 명도 아니고 20여 명이나 되는 사람이 허공에 떠올랐다가 각자의 의자에 한 치의 오차도 없이 스르르 편안하게 앉혀졌다.

물론 강도의 솜씨다.

"으으……."

모두들 이것이 강도가 펼친 신기라고 생각하여 경악과 감탄으로 가슴을 쓸어내렸다.

강도는 모두를 천천히 둘러보면서 조용한 목소리로 말했다.

"아까 심어주었던 지식들을 다시 지워 버릴 수 있습니다. 그렇게 하길 원합니까?"

"……."

바닥에 엎드려 있는 20여 명을 손도 대지 않고 한꺼번에 공중으로 띄워서 자리에 앉히고, 어떤 특정한 지식을 그 역시 손도 대지 않고 20여 명의 머릿속에 한꺼번에 주입했던 사람이, 아니, 신이 다시 그걸 지우겠다는데 믿지 않을 사람은 한 명도 없을 것이다.

"그냥 자리에 앉아서 내 얘길 들어요. 그게 어렵습니까?"

그래도 군바리 출신 합참의장의 사태 파악이 제일 빨랐다.

"아닙니다!"

그는 앉아서 차렷을 하며 외쳤다.

그렇게 해서 겨우 모두를 억지로 진정시킨 강도는 비로소 자신의 이야기를 시작할 수 있었다.

혹시 있을지 모르는 마계의 침공에 대비해서 대통령을 중심으로 민, 관, 군이 합심해야 한다는 내용이다.

그리고 국제적인 협조와 경계를 강화하기 위해서 전 세계 각국 대통령과 총리 등 정상들과의 긴급한 회담이 필요하다는 것도 잊지 않았다.

"음, 미국 대통령과 일본 총리, 영국 총리와 전화로 의논해 보겠습니다."

대통령은 진지하게 말했다.

"세계 주요국들도 마계와 요계의 침공으로 적지 않은 피해를 입었기 때문에 제 말에 귀를 기울일 것입니다."

강도는 고개를 끄떡였다.

"될 수 있으면 세계 각국 정상들을 유엔에 모이게 했으면 좋겠습니다."

대통령은 반색했다

"그러시면 신께서……."

"저는 신이 아니라 이강도입니다."

"아… 네, 이강도 님께서 유엔에 직접 가시겠습니까?"

강도는 고개를 끄떡였다.

"가야지요."

마계가 대한민국으로 진출하려는 것을 막으면 다른 나라로 뚫고 나갈 것이다.

페네시가 지하 세계로 내려간 지 3일이 지났는데도 하롬에게서 연락이 오지 않고 있다.

지구의 자오선을 이용한 델쾨르라는 초고속 이동 수단을 타면 대한민국에서 필드빌라그의 중심 국가인 필드쾨지텐게르까지 한 시간이면 갈 수 있다고 강도는 알고 있다.

페네시가 델쾨르를 이용했다면 필드쾨지텐게르에 도착하고도 남을 3일이 지났는데 아직 아무런 연락이 없다는 건 그녀 신변에 무슨 일이 생겼다는 뜻이다.

그 덕분에 강도는 본의 아니게 부천집에서 편안히 3일 동안 쉬고 있기는 하지만 마음이 편하지 않았다.

대한민국 곳곳에 마계나 요계가 구석구석 침투해 있다는 사실을 강도는 잘 알고 있다.

하지만 그놈들은 마계와 요계의 정보원 노릇을 하거나 근거지를 제공해 줄 뿐이지 큰 위험 요소는 아니다.

더구나 요계에서 침투한 놈들은 요계하고 연락이 두절됐으니까 줄 끊어진 연 신세다.

문제는 한시바삐 하롬을 만나서 그가 필드빌라그의 통치권을 장악하도록 만들어야 한다는 것이다.

별일이 없다면 마쇼디크가 사라진 지금 하롬이 통치권을 승계하는 것은 당연한 수순이다.

강도로서도 그렇게 생각하고 있는데 아직까지 페네시에게 서나 하롬에게서 아무런 연락이 없었다.

강도가 두려워하는 것은 마계의 화산 폭발과 지진을 일으 키는 월등한 능력이다.

그것만 아니면 놈들을 무서워할 이유가 없는데 그걸 막을 수 없다는 데 문제가 있었다.

강도는 차가운 맥주를 한 잔 들이켜고 나서 맞은편에 다소 곳이 앉아 있는 칠러그를 보았다.

"칠러그, 불칸콘트롤이 어디에 있는지 아느냐?"

불칸콘트롤은 마계에서 전 세계 화산과 지진을 총괄하는 지휘소 같은 곳이다.

칠러그는 씁쓸한 표정을 지었다.

"몰라요."

마계 최고의 화산 전문가라는 그녀지만 책에서 얻은 지식 이라서 실전 경험이 별로 없는 편이다.

거실 소파에는 강도를 제외하고는 전부 여자들만 우르르 앉아 있었다.

테이블에는 과일과 과자, 맥주가 놓여 있으며 다들 맥주가 담긴 컵 하나씩 손에 쥐고 있었다.

옥령을 비롯하여 여기에 있는 여자들은 강도하고는 허물없는 사이라서 그가 맥주를 마시면서 같이 마시자고 하면 사양하지 않는다.

음브웨와 라이니카, 칠러그는 늦게 배운 도둑질에 날 새는 줄 모른다고 누가 맥주 따라주는 것을 기다리지 못해서 자작으로 부지런히 마시고 있다.

다만 옥령만 한 잔도 마시지 않고 강도 왼쪽에 앉아서 그를 물끄러미 바라보고 있을 뿐이다.

강도는 두뇌를 풀가동해서 하롬과 연락이 닿지 않을 경우의 방법들을 궁리하고 있는 중이다.

거의 다 스피리토가 생각해 낸 것들이며, 방법을 8개 정도 생각했는데 지금은 그걸 정리하고 있는 단계다.

강도 엄마와 유빈네 가족 그리고 유빈은 근처 상가에 오픈한 만두 가게에 다 몰려 나갔다.

돈을 벌기 위함보다는 새로운 취미거리라는 생각에 다들 만두 가게에 흠뻑 빠져 있다.

유빈이나 가족들은 마계와 요계가 침공했었다는 사실은 꿈에도 모르고 있기 때문에 그저 일상생활을 만끽하고 있는 것이다.

더구나 강도가 집에서 사흘씩이나 가족들과 함께 지내니까
별일이 없을 거라고 여기는 듯했다.

궁리 끝.

강도는 오늘 하루 더 기다려 보고 나서 그래도 하롬이나
페네시에게서 연락이 없으면 직접 필드빌라그, 아니, 중심 국
가인 필드쾨지텐게르로 가야겠다고 마음먹었다.

스피리토가 궁리한 8개의 방법을 종합하고 정리한 결과 마
계의 화산과 지진을 총괄하는 불칸콘트롤을 없애든가 어떻게
해버리는 것이 최선이다.

강도가 지하 세계에 들어가서 해야 할 일이 두 개인데 그중
급선무가 불칸콘트롤이고 두 번째가 하롬을 만나서 그가 필
드빌라그의 통치권을 장악하도록 하는 것이다.

생각을 정리한 강도가 맥주를 마시고 빈 컵을 내려놓자 옥
령이 맥주를 부었다.

"결정하셨어요?"

그녀는 강도 입에 과일 한 조각을 넣어주면서 조심스럽게
물었다.

그녀는 강도하고 오래 생활하다 보니까 그의 표정만 봐도
상황을 판단하게 되었다.

"응."

"애쓰셨어요."

초조했던 옥령은 비로소 미소를 지으며 손바닥으로 강도의 허벅지를 쓰다듬어 주었다.

그러고는 못을 박듯이 그를 바라보며 말했다.

"그게 무엇이든지 이번에는 반드시 저를 데리고 가셔야 해요. 알았죠?"

강도는 대답하지 않고 맥주를 마셨다.

그는 쾰드빌라그에 혼자 갈 것이냐 누구와 같이 갈 것이냐를 놓고 작은 고민에 빠졌다.

무조건 칠러그를 데려가는 것이 정석이지만 둘이라는 것이 거추장스럽다.

몸에 넣고 가면 되는데 그러면 톰바를 해야 한다.

톰바는 요족 와다무하고만 가능한 게 아니다. 어느 누구라도 여자를 발가벗겨서 강도의 몸속에 넣으면 톰바를 하게 되었다.

사실 강도로서는 어느 누구와 톰바를 하든지 상관이 없다.

여자가 몸속에 들어가 있어도 그는 크게 섹스를 하고 있다는 느낌이 들지 않는다. 아마도 그의 마음이 굳건하기 때문일 것이다.

진짜로 섹스를 하는 느낌이라면 아무것도 하지 못하고 헤맬 것이다.

대한민국을 위해서 그리고 인류를 위하는 일인데 칠러그와 섹스를 하는 것쯤 신경 쓰지 않아도 될 일이다.

하지만 그녀에게나 하롬에겐 그녀의 정조가 인류를 구하는 것보다 더 중요한 문제일 수 있다.

"꿈도 꾸지 마."

강도의 면박에 옥령은 새침해졌다.

"뭐가 문제죠?"

강도는 그 대답을 전음으로 했다.

[같이 가고 싶으면 옥 이모가 발가벗고 내 몸속에 들어가서 섹스를 해야 돼. 그럴 거야?]

"……."

그 말에 옥령은 입을 다물었다.

일단 강도는 칠러그의 머릿속을 스캔해서 그녀의 지식을 자신의 것으로 만들었다.

그러고는 페네시에게서 연락이 오기를 기다렸다.

강도는 유빈이 잠든 것을 보고 침대에서 내려왔다.

자기 전에 현 세계와 페르다우를 연결하는 차원 통로가 잘 닫혀 있는지 확인해 보려는 것이다.

한 번 닫았다고 해서 무슨 일이 생기지 말라는 법이 없기 때문이다.

두 군데 다녀오는 데 기껏해야 10분이면 충분하다.

"어디 가시게요?"

그런데 유빈이 부스스 상체를 일으켰다.

아까 사랑을 나누었던 두 사람은 알몸인 상태였다.

"응, 잠깐 다녀올게."

강도는 유빈에게 입맞춤을 하고는 침대에 눕히고 이불을 덮어준 후에야 옷을 입고 공간 이동을 했다.

예상했던 대로 페르다우와의 차원 통로는 굳게 닫혀 있었다.

강도가 두 번째 차원 통로인 중랑천과 한강 합류 지점에서 잠시 밤바람을 쐬고 있을 때 느닷없이 페네시의 목소리가 귓전을 울렸다.

─거즈더우람, 페네시예요.

칠러그가 강도를 거즈더우람 주인님이라고 부르니까 페네시도 그렇게 부른다.

강도는 움찔 놀라 급히 외쳤다.

"페네시! 어떻게 됐느냐?"

─거즈더우람! 하롬을 찾았어요!

"어디에 있느냐?"

페네시의 목소리는 겁에 질려 있고 몹시 떨렸다.

─포콜(Pokol : 지옥)이에요. 저는 지금 포콜 앞에 있어요.

강도는 마족어를 알기 때문에 '포콜'이 지옥을 뜻한다는 걸 알아들었다.

"거기가 뭐 하는 곳이냐?"

—감옥이에요. 큰형 마가산(Magasan)이 하롬을 회유하려고 포콜에 집어넣은 거예요. 저는 하롬이 죽은 줄 알았는데 단서가 하나 생겨서 그걸 추적하니까 포콜까지 왔어요.

페네시는 하롬의 흔적을 추적해서 그가 있는 곳을 겨우 알아내고 천신만고 끝에 그곳까지 오게 되었다.

그녀가 어떤 경로를 통했는지는 모르지만 아마도 몹시 힘들고 무서웠을 것이다.

그런데도 기특하게도 끝내 목적을 이루어서 그것을 강도에게 타전해 왔다.

—이젠 어떻게 하죠? 제가 하롬을 구해야 하나요?

강도는 뻔한 질문을 했다.

"네가 구할 수 있겠느냐?"

—불가능해요.

그녀는 숨을 고른 후에 설명했다.

—저긴 너무 위험해요. 용암의 호수를 건너야 하는데 다리에는 군인들이 지키고 있어요.

"알았다. 너는 근처 안전한 곳에서 쉬면서 나를 기다려라."

—이곳에서 가장 가까운 마을은 300타볼샤그(Távolság)나 되는걸요.

푈드빌라그의 거리 단위 1타볼샤그가 1.8km쯤 된다.

그러니까 페네시가 있는 곳에서 가장 가까운 마을이 540km 쯤 떨어졌다는 얘기였다.

강도는 페네시가 걱정됐다.

"그럼 그 마을에 가 있어라."

—거기까지 걸어가는 데 거의 3일 걸려요.

강도는 뭔가 짚이는 게 있다.

"너… 그럼 3일 동안 포콜까지 걸어간 것이냐?"

—네. 여긴 포콜 안으로 직접 통하는 아차로밖에 없어요. 그래서 걸어야만 해요.

그러니까 페네시는 3일 동안 걷느라 강도에게 연락을 하지 못했던 것이다.

"알았다. 거길 어떻게 찾아가는지 설명해라."

—거즈더우람께선 여길 찾지 못하실 거예요.

"포콜을 찾아가면 될 것 아니냐?"

—포콜을 아는 사람이 거의 없어요. 여기에서 제일 가까운 마을이 반도르(Vándor)인데 이 마을조차도 알고 있는 사람이 아주 드물어요.

"잠깐 기다려라."

강도는 그 자리에서 페네시가 있는 곳으로 공간 이동을 시도해 보았다.

그녀가 배에 통신 좌표 패치를 붙이고 있기 때문에 가능할지도 모른다고 생각했다.

그러나 그는 꼼짝도 하지 않았다. 통신 좌표 패치로는 공간 이동이 되지 않는 것인지 아니면 이곳이 지상이라서 안 되는 것인지 모르겠다.

강도는 부천 중앙공원 내에 있는 마계 통신 수단 아차로를 타고 내려가서 다시 한 번 시험해 볼 생각이다.

쿠르르르……

페네시가 서 있는 곳 발아래 30m 깊이에는 시뻘건 용암이 포말을 일으키면서 들끓고 있었다.

발이라도 잘못 헛디디면 그대로 용암의 호수로 떨어져서 흔적조차 남지 않고 타버린다.

페네시는 얼마 전의 아름다운 모습이 아니었다.

입고 있는 옷은 여기저기 많이 찢어졌으며 탐스러운 금발 머리카락은 온통 수세미가 돼버렸고 얼굴과 손에는 상처가 가득했다.

이곳에서 가장 가까운 마을 반도르까진 아차로를 타고 왔지만 거기에서 여기까지는 걸어왔기 때문이다.

길도 없는 길을 걸어오면서 수백 번 넘어지고 피곤하면 아무 곳에서나 쓰러져서 쪽잠을 잔 탓에 상거지 꼴이 되고 말았다.

"하아……."

용암을 내려다보던 페네시는 뒤로 돌아서서 봉우리에 등을 기댔다. 그녀가 기댄 봉우리는 50m 높이의 천장과 맞닿아 있었다.

그녀의 앞에는 둘레 3㎞ 정도의 용암 호수가 있고 그 가운데 섬이 하나 있는데, 섬 한복판에 전체가 큼직한 돌을 쌓아서 지은 성 같은 형상의 건축물이 버티고 있으며 그게 바로 포콜이다.

그리고 페네시가 있는 곳에서 왼쪽으로 300m쯤 거리에 다리가 하나 있다.

용암 호수 바깥에서 섬으로 연결된 유일한 다리이며 기둥 없이 현수교 형식의 철교다.

다리의 용암 호수 쪽과 섬 쪽에 마군이 4명씩 지키고 있는 광경이 아스라하게 보였다.

페네시와 다리 사이에는 그다지 크지 않은 삐죽삐죽한 바위가 많아서 그녀가 제대로 숨어 있기만 하면 마군들에게 들킬 염려는 없었다.

'왜 연락이 없으신 거지?'

페네시는 자신이 3일이나 걸려서 걸어온 길 쪽을 쳐다보며 속으로 중얼거렸다.

그녀가 쳐다보는 방향에는 길이라고 할 수도 없는 울퉁불퉁한 길이 어둠 속으로 길게 뻗어 있었다.

그녀는 괜히 길 쪽을 기웃거리면서 강도하고 연락이 다시 이어지기를 기다렸다.

"저기가 포콜이냐?"

그때 바로 옆에서 조용한 목소리가 들리자 페네시는 소스라치게 놀라 뒤로 자빠졌다.

강도는 즉시 손을 뻗어 그녀를 붙잡았다.

"……"

그리고 그녀가 비명을 지르려는 것을 막았다.

강도는 품속에 안은 그녀에게 속삭였다.

"나다. 놀랐느냐?"

"아아… 거즈더우람……."

강도는 부천 중앙공원 지하 아차로에서 공간 이동을 하여 이곳으로 온 것이다.

공간 이동이 되지 않았으면 애를 먹을 테고 페네시는 페네시대로 여기에서 하염없이 기다려야 했을 테니까 운이 좋았다고 할 수 있다.

페네시는 강도를 보자 긴장이 풀려서 눈물이 왈칵 쏟아지고 온몸에 힘이 빠졌다.

"흑흑… 너무 무서웠어요……."

강도는 풀잎처럼 가벼운 페네시를 품에 안고 까칠해진 뺨을 쓰다듬었다.

"고생했구나."

강도에게 따뜻한 위로를 받으니까 페네시는 그동안의 고생이 눈 녹듯이 사라졌다.

강도는 페네시를 근처의 평평하고 낮은 바위에 앉도록 해주고 용암 호수 건너의 포콜을 쳐다보았다.

"저기냐?"

"네. 저도 저런 곳이 있다는 사실을 이번에 처음 알게 되었어요."

기껏 앉혀준 페네시는 일어나더니 강도 옆에 서서 포콜을 바라보았다.

척척척척—

그때 다리 건너편에서 무슨 소리가 들렸다. 군대가 행진할 때의 발소리 같았다.

강도가 지켜보니까 잠시 후에 다리 건너편에서 마군들이 줄지어서 걸어오고 있는데 100명쯤 되는 것 같았다.

그들은 두 줄로 곧장 다리를 건너왔다.

특이한 붉은색의 제복을 입은 마군들은 소총과 칼로 무장을 하고 다리를 건너와서 좌우로 좍 갈라지더니 용암 호수 주변을 수색하기 시작했다.

강도와 페네시가 있는 곳으로도 마군들이 점점 가까이 다가오고 있었다.

강도는 그들의 서둘지 않고 질서 있는 행동으로 미루어서 정기적인 주변 수색이라는 사실을 짐작했다.

강도는 주위를 돌아보았지만 페네시를 숨길 만한 장소가 마땅하지 않았다.

스웃…….

강도는 페네시를 안고 수직으로 솟구쳤다가 가볍게 용암 호수를 넘어 섬에 내려섰다.

그런데 그쪽에서도 마군들이 100m쯤 떨어진 곳에서부터 수색을 해오고 있는 게 보였다.

슛…….

강도는 다시 성벽 아래로 날아갔다.

성벽은 바늘구멍만 한 틈조차도 없이 꽉 막혀서 잠입할 방법이 없었다.

'하롬 옆으로.'

강도는 성벽 아래에 내려서자마자 공간 이동을 시도했다.

퍽!

"악!"

그런데 강도의 모습이 사라지면서 페네시가 성벽에 모질게 부딪치고 말았다.

강도는 공간 이동을 해서 성안으로 사라졌는데 그의 품에 안겨 있던 페네시는 성벽을 통과하지 못한 것이다.

털썩!

"아……."

페네시는 온몸이 부서지는 통증을 느끼면서 울퉁불퉁한 돌바닥에 떨어졌다.

그녀는 아픔보다는 강도가 사라지고 자기 혼자 남겨졌다는 사실 때문에 두려움에 휩싸였다.

그때 사라졌던 강도가 다시 성벽 밖에 나타났다. 그는 무사히 공간 이동을 했으나 페네시를 데려오지 못한 걸 알고 다시 돌아온 것이다.

"거즈더우람……."

강도가 페네시를 안고 주변을 돌아보니까 주변에 마군들이 개미 떼처럼 깔려서 수색을 하고 있었다.

강도는 난감했다. 성 밖 주변에 페네시를 숨기자니 마땅한 곳이 없고 데리고 들어가는 것도 되지 않았다.

어쩌면 이곳 포콜에 결계가 쳐 있어서 물체를 갖춘 것은 통과하지 못하는 것일 수도 있다.

그때 멀지 않은 곳에서 부스럭거리면서 마군들이 다가오는 소리가 들렸다.

일이 이렇게 되자 강도는 선택의 여지가 없어졌다.

그는 페네시 머릿속에 한 가지 사실을 심어주었다. 그녀가 옷을 벗고 그의 몸속에 들어가는 것에 대한 설명이다.

만약 페네시가 그의 몸속에 들어가는 것 즉, 톰바를 하는 것을 감수하겠다면 그녀와 함께 포콜 안으로 공간 이동을 하겠지만 그러고 싶지 않다면 일단 여기에서 멀찌감치 물러나야만 한다.

페네시는 깜짝 놀라는 표정으로 강도를 바라보았다.

"거즈더우람……."

"하지 않아도 괜찮다. 일단 안전한 곳으로 빠져나갔다가 너를 감춘 후에 나 혼자 포콜에 들어가도 된다."

"하지만 그사이에 하롬에게 무슨 일이 생기면 어쩌죠? 그리고 저는 혼자 있으면 무서워요."

"그거야 어쩔 수 없지."

하롬이 죽기라도 한다면 마계와 현 세계하고의 평화적인 협상 같은 것은 강을 건너가 버리는 것이다.

그렇게 되면 강도는 처음부터 다시 시작해야만 하고 현 세계와 마계가 전쟁을 해서 엄청난 희생을 치르게 될지도 모른다.

페네시는 거기까지는 아니지만 지금 여기에서 물러나면 많이 어려워질 거라는 사실쯤은 짐작할 수 있었다.

그녀는 입술을 꼭 깨물었다.

"제가 거즈더우람 속에 들어가면 우리 둘이 관계를 하는 건

가요?"

"그래."

"그렇게만 하면 하름을 만날 수 있고 또 모든 걸 평화적으로 해결할 수 있겠죠?"

"그럴 거다."

"그렇다면 무얼 망설이겠어요. 어떻게 하면 되죠?"

"옷을 다 벗어야 한다."

페네시는 자신의 누더기 옷을 급히 벗었다.

"이 옷에는 조금도 미련이 없어요."

그녀는 알몸이 된 부끄러움을 호들갑으로 대신했다.

"이제 어떻게 하죠? 제가 거즈더우람 몸속에 어떻게 들어가야 하나요?"

강도가 그녀의 팔을 잡자 그녀는 순식간에 사라지며 그에게 흡수됐다.

사아······.

"아얏!"

그녀의 날카로운 비명 소리는 강도의 몸속에서 들렸다. 그러나 밖으로 흘러나오지는 않았다.

그녀가 몸속에 들어가자마자 강도의 모습이 그 자리에서 사라졌다.

스으……

어둡고 습기가 가득한 장소에 강도가 나타났다.

그는 조금 전에 이곳에 나타났다가 페네시가 없는 걸 알고 다시 나갔었다.

"아아악!"

강도의 몸속에서 조금 전 비명보다 훨씬 날카롭고 긴 비명 소리가 울렸다.

페네시의 순결이 파괴됐기 때문이다.

그러나 강도는 개의치 않고 주위를 둘러보았다.

그는 벽 아래에 하롬이 있는 것을 발견하고 그곳으로 천천히 걸어갔다.

"아아… 거즈더우람… 아파요……."

그의 몸속에서 페네시는 그를 꼭 안고 몸을 부들부들 떨면서 어쩔 줄을 몰랐다.

그녀는 그와 마주 보는 자세를 하고 두 다리로는 그의 허리를 두 팔로는 등을 꼭 끌어안은 채 얼굴을 가슴에 묻으며 눈물을 흘렸다.

한때 디오였으며 지금은 현 세계의 통치자인, 그리고 여동생 칠러그가 가장 존경하는 잘생긴 강도를 페네시 역시 보는 순간 좋아하게 됐었지만 이런 식으로 갑작스럽게 맺어지는 건 아니라고 생각했다.

강도는 하롬 앞에 섰다.

이곳은 조그만 창문조차도 없는 사방이 밀폐된 감옥이었
다.

하롬은 벽에 기대어 바닥에 앉아 있으며 두 손과 두 발, 그
리고 목에 쇠사슬이 묶여 있고 벌거벗은 모습이다.

또한 얼마나 맞았는지 온몸이 상처투성이고 그가 앉아 있
는 바닥에 상처에서 흐른 피가 흥건하게 고여 있었다.

"하롬."

강도는 그를 굽어보며 조용한 목소리로 불렀다.

하롬은 지독한 고문으로 기절한 상태라서 강도의 목소리를
듣지 못했다.

강도가 하롬에게 부드러운 진기를 주입시켜 주자 잠시 후
에 깨어났다.

"으음……."

하롬은 푹 숙였던 고개를 들다가 앞에 누군가 서 있는 것
을 발견하고는 오만상을 찌푸렸다.

"크으… 백번을 고문해 봐야 내 대답은 똑같다. 그러니까
그만 괴롭히고 이제 깨끗이 죽여라……."

강도의 중얼거림이 이어졌다.

"네 대답이 무엇이냐?"

"……."

하롬은 눈을 크게 뜨고 강도를 보려고 애썼다.

그의 피투성이 얼굴이 일그러졌다.

"내가 지금 꿈을 꾸는 겁니까……? 아니면 설마… 디오우르께서 오신 겁니까……?"

그는 강도의 얼굴이 보이지 않지만 목소리를 듣고 그가 누군지 짐작했다.

철컹… 창… 챙…….

금속성 소리가 나면서 하롬을 속박하고 있던 쇠사슬들이 지푸라기처럼 끊어졌다.

"하롬, 네가 이런 꼴이 되다니……."

강도가 말을 하는 사이에 하롬의 몸이 저절로 스르르 일으켜졌다.

그리고 그의 온몸에 빼곡하게 들어차 있던 상처들이 씻은 듯이 다 나았다.

뿐만 아니라 손가락 하나 까딱거릴 힘조차 없었는데 지금은 힘이 펄펄 넘쳤다.

하롬은 그런 것들이 강도 덕분이라는 것을 깨달았다.

그는 꿈이 현실이 됐다는 사실을 깨닫고 감격으로 온몸을 심하게 떨며 강도를 바라보았다.

"디오우르……."

강도는 하롬의 어깨에 손을 얹었다.

"네 생각을 읽어보마."

강도는 하롬의 머릿속을 스캔하고 그가 어쩌다가 이런 상황이 됐는지 알았다.

포콜의 책임자인 빌람 퍼르커시(Farkas)는 지금 약이 바짝 올라 있었다.

필드빌라그의 대공(大公)이신 마가산(Magasn)께서 그에게 하롬을 맡기면서 무슨 방법을 써서라도 그의 협조를 받아내라고 명령했는데 5일이 지나도록 협조는커녕 이러다가는 고문이 지나쳐서 하롬을 죽이게 생겼다.

필드빌라그의 통치자 너지키라이에게는 3명의 아들이 있으며 장남이 마가산이고 차남이 마쇼디크, 3남이며 막내가 하롬이다.

원래 마가산은 정치나 전쟁 같은 것에는 전혀 관심이 없고 허구한 날 파티를 열고 귀족들과 어울리면서 여자와 술, 그리고 사냥 같은 잡기에만 빠져 있었다.

반면에 호전적인 마쇼디크는 삼 형제 중에서 가장 활발하게 정치에 참여하고 또 탁월한 지도력을 발휘하여 필드빌라그 전군 총사령관이라는 지위에 올랐다.

말하자면 아버지 너지키라이를 능가하는 권력을 장악하고 있는 것이 마쇼디크다.

그렇지만 너지키라이가 자신의 후계자로 하롬을 지목할 것이라는 소문은 누구나 알고 있는 공공연한 사실이었다.

마쇼디크는 통치와 군사, 전쟁의 전문가이지만 사람들은 그를 싫어하고 무서워한다.

잔인하고 냉혹하기 때문이다. 그는 단 한 번의 실수도 용서하지 않고 가차 없이 벌을 준다. 그에게는 자비나 용서라는 게 없다.

그렇기 때문에 그의 측근이라고 해도 그의 곁에 반년 이상 붙어 있는 사람이 없을 정도다.

하롬을 아는 사람들은 그가 정치나 군사, 전쟁에 있어서 마쇼디크보다 훨씬 더 뛰어난 능력을 지녔다는 사실을 잘 알고 있다.

너지키라이는 삼 형제가 어렸을 때 시험 삼아서 각자에게 영지 하나씩을 주어 일 년 동안 지배하도록 했다.

그 결과 마쇼디크의 영지는 변한 것은 없는데 감옥에 갇힌 사람이 수백 명이나 늘었다.

마쇼디크는 영지를 깨끗하게 정화시킨다면서 닥치는 대로 감옥에 처넣은 것이다.

마가산은 일 년 내내 흥청망청 먹고 마시면서 노느라 영주의 재정을 거덜내 버렸다.

그러나 하롬의 결실은 훌륭했다.

비록 일 년이라는 짧은 기간이어서 특별한 결과물은 보지 못했지만, 물길이 험한 강에 다리를 놓는 공사를 시작하고, 황무지를 개간하여 꽤 많은 밭을 만들었으며, 어부들에게는 자신이 디자인한 새로운 배를 만들어서 나누어주었다.

뿐만 아니라 영주의 창고를 열어서 가난한 사람들을 구제하기도 했다.

그때 하롬의 나이가 현 세계로 치면 겨우 17살이었다.

그 소문이 필드빌라그 전체로 삼시간에 퍼졌으며 백성들은 다음 대 너지키라이로 하롬이 오르기를 학수고대했다.

하지만 현 세계하고의 전쟁 때문에 마쇼디크와 하롬이 정신없이 바쁘게 돌아다니는 동안 장남 마가산은 놀라운 일을 저지르고 말았다.

아버지 너지키라이를 독살하고 몇몇 귀족과 정치인들을 모아 자신의 세력을 구축하더니 마침내 스스로 너지키라이의 자리에 오른 것이다.

그러고는 한바탕 거대한 피의 숙청이 휘몰아쳤다. 자신을 따르는 자는 받아들이고 거부하는 자들은 가차 없이 죽여 버린 것이다.

그리고 전군에 마쇼디크와 하롬을 잡아들이라는 왕명을 내렸다.

"음… 어떻게 하면 좋다는 말인가?"

포콜의 책임자 빌람 퍼르커시는 앓는 소리를 냈다.

마가산은 폭거로 왕위에 올랐지만 제대로 왕 노릇을 하지 못하고 있는 상황이다.

푈드빌라그의 거의 모든 영주와 실력자들이 하롬을 지지하고 있기 때문이다.

하롬을 죽이면 푈드빌라그의 70%에 달하는 하롬 지지 세력이 마가산에게 등을 돌리고 적으로 돌아서게 될 것이다.

반면에 어떻게 해서든지 하롬의 협조를 받아내면 그를 미니스테렐뇌크(Miniszterelnök:총리)의 자리에 앉혀서 꼭두각시로 만들어 순조롭게 푈드빌라그를 통치할 수 있다.

그래서 무슨 일이 있어도 하롬이 협조하겠다는 약속을 받아내야 하는 것이다.

"죽이지는 말고 협조를 받아내라니… 아아… 정말 미치겠군."

퍼르커시는 주먹을 쥐고 제 가슴을 쿵쿵 쳤다.

"퍼르커시."

그때 누군가 나직하게 그를 불렀다.

퍼르커시는 와락 인상을 썼다.

"어떤 놈이 감히……."

그는 이곳 포콜의 왕이며 독재자다. 그의 이름을 함부로 부른다는 사실 하나만으로 그자를 처형할 수도 있는 것이 그의 막대한 권력이다.

퍼르커시는 그 죽일 놈이 누군지 보려고 돌아서려다가 정신을 제압당했다.

나란히 서 있는 강도가 하롬에게 물었다.

"이놈에게 복수할 테냐?"

"아닙니다. 이자의 잘못이 아닙니다."

평범한 마군의 옷을 입은 하롬은 퍼르커시를 보면서 고개를 가로저었다.

퍼르커시가 하롬 자신을 고문한 것은 마가산의 명령에 의한 것이지 그의 잘못이 아니라는 뜻이다.

그런 것 하나만 봐도 하롬이 얼마나 공명정대한 사람인지 짐작할 수 있을 것이다.

하롬은 퍼르커시를 보면서 강도에게 물었다.

"디오우르, 저는 이자에게 한 가지 요구할 것이 있는데 어떻게 하면 됩니까?"

"그에게 말하면 된다."

하롬은 정신이 제압된 퍼르커시에게 포콜에 갇혀 있는 자신의 추종자들과 모든 정치범을 석방하라고 명령했다.

하롬은 강도를 데리고 포콜에서 가장 가까운 반도르 마을로 갔다.

하롬과 그의 추종자 50여 명이 반도르 마을에 들어서자 그

소식이 그곳 영주에게 전해졌다.

영주의 명령을 받은 반도르 마을의 촌장은 하롬 일행을 자신의 집으로 모시고 융숭하게 대접했다.

반도르 마을은 이곳을 다스리는 영주의 영지 내에 있는 여러 개의 도시와 수십 개의 마을 중 한 곳이다.

강도와 하롬은 반도르 마을 촌장 집의 어느 방 안에 단둘이 마주 앉았다.

하롬은 강도와 감히 마주 앉을 수 없다면서 자꾸 일어서려고 했지만 강도가 앉으라고 명령했다.

"하롬 너에게 중요한 사실을 알려주겠다."

"말씀하십시오."

"이제 지구상에 신들은 없다."

"무슨 말씀이신지……."

하롬은 금세 알아듣지 못했다.

강도는 삼신에 대해서 간략하게 설명했다.

"디오와 이슈텐, 뭄바는 그들이 왔던 곳으로 돌아갔다."

"……."

하롬은 눈을 껌뻑거렸다.

"그럼 지구에 신들이 없는 겁니까?"

"없다."

하롬은 두 손을 모아서 조심스럽게 강도를 가리켰다.

"그럼 디오우르께서는……."

"나는 더 이상 디오가 아니다."

하롬은 조금 전에 강도가 포콜에서 보여주었던 신의 능력을 떠올렸다.

하롬이 보기에 강도는 예전의 디오하고 조금도 변함이 없는 것 같았다.

그런데 삼신이 사라지고 강도가 더 이상 디오가 아니라는 건 무슨 소리라는 말인가. 강도는 여전히 신의 능력을 보이고 있지 않은가.

"디오가 떠나면서 자신의 능력을 내게 주었다."

"아……."

하롬은 놀라서 강도를 쳐다보았다.

강도의 말인즉 이제 지구상에서 신은 강도가 유일하다는 뜻이다.

즉, 유일신(唯一神)이다. 강도의 말이 어떻든지 하롬은 그렇게 받아들였다.

강도가 마계와 요계를 쓸어버리려고 마음먹는다면 어려운 일이 아닐 것이다.

그런데도 그는 하롬을 구하러 이곳 포콜까지 직접 왔다.

그러므로 하롬은 강도가 마계를 멸망시키러 왔다는 생각을 하면 안 된다.

하롬은 강도가 자신을 구해준 의도를 짐작하지만 더 정확하게 하고 싶어서 조심스럽게 물었다.

"제게 무엇을 원하십니까?"

"네가 푈드빌라그의 왕이 되라."

"그 다음에는 어떻게 합니까?"

"백성들을 위해서 살면 된다."

"그게 전부입니까?"

하롬은 자신을 구해준 강도에게 큰 고마움을 느끼지만 공과 사를 정확하게 구분하고 싶었다.

"하롬."

"말씀하십시오."

강도는 자세를 바로 하는 하롬을 보면서 자신이 생각했던 것을 얘기했다.

"현 세계하고의 교류는 어떻겠느냐?"

"교류라는 게 무엇입니까?"

"키체렐(Kicseré : 교류, 교역하다)이다."

"아……."

푈드빌라그에는 교류, 키체렐이라는 단어만 있을 뿐이지 실제로는 행해지지 않고 있었다.

"처음에는 푈드빌라그와 페르다우가 현 세계와 교류를 하는 것이다."

하롬은 눈을 빛내면서 진지하게 들었다.

"그렇게 해서 서로에 대해서 차츰 알아가다가 교류를 확대해서 현 세계로 여행을 하거나 사업 같은 것을 해도 좋을 것이다."

하롬은 흥분했다.

"그렇겠군요."

"그래서 나중에는 삼계의 사람들이 어디든지 살고 싶은 곳에서 살 수 있는 자유로운 세상을 만드는 것이다."

"그게… 가능하겠습니까?"

강도는 고개를 끄떡였다.

"현 세계는 내가 맡겠다."

하롬은 벌떡 일어섰다.

"아아! 그래만 주신다면 가능합니다!"

강도와 하롬, 그리고 추종자들이 반도르 마을의 촌장집에서 연회를 하고 있을 때 영주가 아차로를 타고 도착했다.

평소 하롬을 흠모하고 있던 영주 즉, 페헤르외르데그 셀레시(Széles)는 입구에 들어서자마자 하롬을 알아보고 단숨에 달려와 그 앞에 무릎을 꿇었다.

"하롬우르!"

하롬은 셸레시를 부축해서 일으켰다. 그러고는 강도를 정중하게 소개했다.

"인사드려라. 강도펠세그이시다."

하롬의 말에 셸레시는 물론이고 그곳에 있는 모든 사람이 놀라서 자리를 박차고 일어섰다.

'펠세그'라는 것은 오로지 이슈텐에게만 붙였던 극존칭의 칭호였다.

이슈텐펠세그가 정식 호칭이었다.

하롬이 우렁차게 말했다.

"이슈텐펠세그는 떠나셨다. 그리고 이제부터는 여기에 계신 강도펠세그께서 쾰드빌라그와 페르다우, 그리고 현 세계를 통치하실 것이다!"

강도는 신이 아니다. 그래서 하롬이 자신을 '펠세그'라고 소개하는 것이 못마땅했지만 내버려 두었다.

또한 강도가 쾰드빌라그와 페르다우, 현 세계를 통치하는 것이 아니지만 일단 하롬이 쾰드빌라그를 장악하기 위해서 봐주기로 했다.

"거즈더우람, 저는 언제까지 여기에 있어야 하나요?"

강도 몸속에 있는 페네시가 조심스럽게 물었다.

"나오고 싶으냐?"

"나가도 되나요?"

페네시의 목소리는 매우 작고 가늘게 떨렸다.

"잠깐 기다려라. 네가 입을 옷을 준비한 후에 아무도 없는 곳을 찾아서 너를 꺼내주겠다."

"아, 아니에요. 저는 괜찮아요……!"

페네시는 강도의 몸 밖에 꼭 나가고 싶은 것은 아니다. 부끄럽고 어색해서 한번 물어본 것이다.

그리고 지금은 강도가 하롬 등과 필드빌라그에 대해서 대화를 하는 중요한 시간이라서 자신이 좀 더 참고 있어야 한다고 생각했다.

또한 페네시는 강도의 몸속에 있는 것이 그렇게 나쁜 것은 아니라는 생각이 들었다.

제44장
삼계(三界)의 신

　강도와 하름은 반도르 마을에 있는 아차로에 탑승했다.

　지구의 자오선을 이용하는 운송 수단인 델쾨르하고는 달리 아차로는 동력으로 달리기 때문에 델쾨르에 비해서 속도가 느리다.

　그렇지만 대한민국의 고속철 KTX보다 5배 정도 빠른 속도로 달린다.

　철도나 도로가 아닌 지각과 맨틀 사이의 진공 상태를 달리기 때문이다.

　아차로는 정원이 100명이며, 지금은 강도와 하름을 비롯하여 페헤르외르데그 셀레시와 그의 친위대 30명, 그리고 포콜에서 석방된 하롬의 추종자 50명 도합 83명이 타고 있다.

그렇지만 실제로는 강도 몸속의 페네시까지 치면 84명이다.

아차로는 이 인승 좌석이 뒤로 길게 이어져 있는 구조다.

강도는 하롬과 둘이 앉아서 푈드빌라그의 중심 국가 푈드쾨지텐게르에 도착하면 어떻게 할 것인지에 대해서 의논하고 있는 중이다.

강도는 장남 마가산을 죽이자는 쪽이다. 그는 마가산을 죽이는 데 전혀 어려움이 없는 것처럼 말했다.

후환을 남겨서 찜찜한 것보다는 깨끗이 죽여 없애자는 건데 그건 평소에 그가 즐겨 사용하는 방법이다.

그런데 하롬은 마가산을 죽이는 것을 원하지 않았다. 아버지도 마쇼디크도 없는 상황에 마가산마저 죽인다면 하롬 자신은 외톨이가 될 뿐만 아니라 어머니가 슬퍼할 것이라는 게 이유다.

"하롬, 마가산은 네 아버지를 죽였고 너를 괴롭혔다. 그런데도 용서하겠다는 것이냐?"

"큰형님은 어리석어서 그런 짓을 한 겁니다. 그러니까 불쌍하지요."

"너는 정말……."

강도는 하롬처럼 앞뒤가 콱 막힌 놈은 처음 봤다. 사실 하롬은 성인군자인데 강도가 보기엔 답답한 놈이다.

"저… 펠세그."

하롬은 아까 모두에게 강도를 소개하고 나서부터는 그를 펠세그라고 불렀다.

"뭐냐?"

"큰형님을 착한 사람으로 만들 수는 없습니까?"

하롬은 강도가 한 번도 생각해 본 적이 없는 주문을 했다.

"해보마."

"감사합니다."

페네시는 나올 찬스를 놓쳤다.

강도가 그녀가 입을 적당한 옷을 찾는 것도 어렵지만 그렇게 해서 그녀를 몸 밖으로 나오게 하면 하롬에게 뭐라고 할 말이 없다.

"하롬을 보고 싶어요."

"돌아앉아라."

그녀의 요구에 강도가 일러주었다.

페네시는 꼼지락거리면서 몸을 돌려 강도에게 엉덩이를 내주었다.

그녀는 하롬을 보는 순간 엉덩이에 날카로운 창이 꽂히는 경험을 해야만 했다.

"악!"

필드쾨지텐게르는 옛날 유럽의 중세 도시를 연상하게 하는 광경이지만 생각했던 것보다 훨씬 번화했다.

아차로에서 내린 강도와 하롬 일행이 밖으로 나가자 수많은 시민이 거리에 몰려나와 있다가 '하롬우르'를 외쳐댔다.

하롬이 포콜을 탈출하고 반도르 마을에서 연회를 베푼 후에 중심 국가 필드쾨지텐게르로 향했다는 소문은 이미 이곳까지 파다하게 퍼져 있었다.

강도와 하롬은 왕궁을 향해서 행진했으며 수만 명의 시민이 그 뒤를 따르며 '하롬우르'를 연호했다.

거대한 왕궁은 성문이 굳게 닫혀 있으며 전천후 장갑차 허르츠코치 수십 대와 갑옷을 입은 완전무장한 마군 수백 명이 삼엄하게 지키고 있었다.

마가산은 하롬이 온다는 소문을 듣고 왕실 근위대로 그를 막으려는 것이다.

현재 전군의 80%는 마쇼디크와 각 영지의 페헤르외르데르를 따라서 전쟁터에 나가 있으며, 필드쾨지텐게르에는 치안을 위한 최소한의 군대와 왕실 근위대가 전부다.

그러나 군대의 수가 2만 명에 달하고 장갑차 허르츠코치는

500대나 있어서 웬만한 영지의 군대와 맞먹는 수준이다.

하롬은 군대가 방어하고 있는 성문 50m 앞에서 행진을 멈추었다.

"왜 멈추느냐?"

나란히 선 강도가 묻자 하롬은 씁쓸한 표정을 지었다.

"저들도 저의 백성입니다."

자신이 제지하지 않으면 강도가 군대를 몰살할 거라는 사실을 잘 알고 있는 하롬은 어떻게 해서든지 군대를 살리고 싶었다.

하롬은 군대를 향해 우렁차게 외쳤다.

"누가 퍼런치노크(Parancsnok : 사령관)냐?"

잠시 적막이 흐르는 가운데 군대 뒤쪽에서 한 사람이 천천히 걸어 나왔다.

페헤르외르데그 복장에 검은 망토를 휘날리는 준수한 인물이 하롬을 향해 예를 취했다.

"하롬우르."

"휘세그(Húség)."

제25영지의 영주인 페헤르외르데그 휘세그는 하롬이 알고 있는 인물이다.

휘세그는 자진해서 마가산의 앞잡이가 될 인물이 아니다. 그렇다면 그는 무언가 협박을 당하고 있을지도 모른다. 마가산은 휘세그가 꼼짝하지 못하는 목줄을 잡고 있을 것이다.

휘세그는 하롬을 보면서 괴로운 표정을 짓다가 그 뒤쪽에 구름처럼 모여들고 있는 시민들을 보고는 더욱 괴로운 표정을 지었다.

하롬은 아무 말도 하지 않고 휘세그를 바라보기만 했다. 네가 알아서 하라는 뜻이다. 그것은 백 마디 말보다도 더 큰 위력을 지니고 있었다.

강도는 답답했으나 참을성 있게 기다려 주었다. 이런 식의 침묵은 절대로 강도 스타일이 아니다.

이윽고 휘세그는 하롬에게 공손히 허리를 굽혔다.

"어서 오십시오, 하롬우르."

그는 돌아서서 마군들에게 외쳤다.

"물러서라! 성문을 열어라!"

근위병들이 쫙 갈라지고 성문이 육중하게 열렸다.

그그긍…….

하롬은 강도에게 고개를 숙였다.

"가시죠."

강도와 하롬 등이 성문 앞에 이르렀을 때 페헤르외르데그 휘세그가 허리를 굽히며 말했다.

"조심하십시오, 하롬우르. 샤르카니가 있습니다."

"샤르카니가?"

하롬은 우뚝 멈추며 놀라는 표정을 지었다.

지저 약 1,000㎞ 깊이에는 지구 전체를 둘러싼 거대한 바다가 있다.

그 바다의 깊이는 무려 평균 800㎞에 이르며, 지구 표면의 바닷물을 다 합친 것보다 더 많은 양의 물이 존재했다.

그 바다는 베그텔렌오체안이라고 부르며, 푈드엠베르의 용감한 전사들은 비록 극소수이긴 하지만 탐험을 위해서 거기까지 내려가기도 했었다.

베그텔렌오체안에서 가장 흔한 것은 물이고 두 번째는 다이아몬드, 세 번째가 링우다이트라는 광물—푈드빌라그에서는 연료로 사용한다—네 번째가 수많은 종류의 생명체다.

샤르카니는 베그텔렌오체안의 최상위 포식자이자 지배자로 군림하고 있는데, 과거 이슈텐의 도움으로 수십 마리를 포획하여 푈드빌라그에서 사육해 왔었다.

예전에 이슈텐이 샤르카니를 사육시키지 않았더라면 푈드빌라그에서 아무도 샤르카니를 당해내지 못했을 것이다.

한마디로 샤르카니는 무적의 용(龍)이다. 30m가 넘는 거대한 날개와 바위를 쪼아서 부수는 강력한 부리와 이빨, 한번 움켜쥐면 강철 기둥을 휴지처럼 구겨 버리는 발톱, 그리고 무엇보다도 강력한 것은 입에서 뿜어내는 불길이다.

"강도펠세그, 샤르카니는……."

"들어가자."

하롬이 샤르카니에 대해서 설명하려는데 강도가 먼저 앞장 서서 성문 안으로 성큼성큼 걸어갔다.

하롬은 강도의 능력을 잘 알고 있지만 샤르카니의 무서움 을 너무도 잘 알기에 그를 만류하고 싶었다. 더구나 샤르카니 는 한두 마리가 아니라 수십 마리다.

그러나 하롬은 앞서 걸어가는 강도의 뒷모습을 보고는 더 이상 그를 말리지 않았다.

그가 누구인지 그의 위력이 어느 정도인지 너무도 잘 알기 때문이다.

성문으로 들어서자 거기에는 또 하나의 전혀 다른 세상이 펼쳐져 있었다.

성문 안에는 당연히 성이 있어야 하는데 드넓은 초원과 호 수, 강, 그리고 야트막한 여러 개의 산이 여기저기 솟아 있는 전경이다.

그리고 그 산에 거대한 성이 우뚝 솟아 있으며 그 수가 여 덟 개나 됐다.

그리고 그 모든 것의 둘레에 높이 20m의 성벽에 쳐져 있어 서 바깥세상하고는 또 다른 세상처럼 보였다.

걸음을 멈추지 않고 계속 걷고 있는 강도는 천천히 주위를 둘러보다가 한 곳에 시선이 멈추었다.

여덟 개의 성이 있으며 각 성문 위에 커다란 새처럼 생긴 용 샤르카니가 웅크리고 있었다.

샤르카니의 수는 30여 마리에 달했다. 그것들은 붉은 눈알을 번뜩이면서 들어서고 있는 강도와 하롬 등을 무섭게 쏘아보았다.

그때 강도의 시선이 중앙의 성문 위로 향했다.

거기에는 다른 샤르카니에 비해서 절반 정도 더 큰 샤르카니 한 마리가 웅장한 위용을 뽐내며 앉아 있었다.

그런데 강도가 갑자기 그 샤르카니를 향해 불쑥 오른손을 내밀고 까딱거렸다.

"이리 오너라."

푸드득!

그러자 샤르카니가 힘차게 허공으로 날아올랐다.

"앗!"

하롬은 그걸 보고 깜짝 놀랐으나 잠시 후에 어찌 된 영문인지 알고는 빙그레 미소를 지었다.

'샤르카니키라이다.'

하롬은 일전에 마쇼디크의 명령으로 샤르카니 5마리가 강도를 공격했다가 외려 박살 났었던 일을 기억하고 있다.

그 당시에 강도는 디오의 능력을 제대로 사용할 줄 몰랐었는데, 치열한 싸움 끝에 샤르카니의 왕인 샤르카니키라이를 제압하여 종으로 거두었었다.

꾸워억! 워어억!

샤르카니키라이는 강도 앞에 날아 내리면서 심하게 날개를 퍼덕거렸다.

강도는 샤르카니키라이에게 손을 뻗었다.

"잘 있었느냐?"

쿠르르르… 꾸우우…….

강도가 부리를 쓰다듬자 샤르카니키라이는 그의 어깨에 얼굴과 부리를 문지르면서 반가움을 표시했다.

꾸워어억!

샤르카니키라이가 포효를 하자 30여 마리 샤르카니가 일제히 날아올랐다가 강도 앞쪽에 일렬로 내려섰다.

강도와 하롬이 샤르카니키라이 등에 올라탔고 페헤르외르데그 셀레시와 하롬의 추종자들이 샤르카니 30여 마리에 나누어 분승했다.

콰아아앗!

꿔어억! 꾸워어어!

샤르카니키라이를 필두로 30여 마리의 샤르카니가 일제히 날아올라서 마가산이 있는 왕성을 향해 날아갔다.

　　　　　*　　　　　*　　　　　*

1월 17일, 오전 10시.

원래 이날 오전 9시경에 마계가 대한민국 수도 서울과 경기
도에 대규모 화산 폭발과 대지진을 일으켰었다.

그런데 그 시간에 강도는 미국 뉴욕시 맨해튼의 이스트강
옆에 우뚝 세워져 있는 유엔 본부에서 연설을 하고 있는 중이
다.

와르르르! 짝짝짝짝!

강도가 한국어로 연설을 마치자 동시 통역을 통해서 연설
을 들은 전 세계 각국 정상들은 우레 같은 박수를 쳤다.

그리고 곧바로 찬반 투표에 돌입했다.

유엔사무총장이 오늘의 특별 연사로 참가한 이강도가 발의
한 가칭 '삼계교류확대국제법안'에 대한 찬성과 반대를 묻는
공개 투표다.

유엔에 가입한 192개 회원국은 이미 마계와 요계에 대해서
직, 간접적으로 경험을 해보고 피해를 입는 등 쓴맛을 봤었기
에 그들이 얼마나 무서운 존재인지 잘 알고 있다.

그리고 조금 전에 강도는 삼신 디오, 이슈텐, 뭄바에 대해서
모두에게 설명했다.

강도의 연설은 매우 설득력이 있었다.

그는 전 세계 정상들의 정신을 제압하지 않았지만 그들을 설득시키는 데 성공했다.

그러는 데는 이미 전 세계가 마계와 요계에 의해서 직, 간접적으로 막대한 피해를 본 것이 크게 작용했다.

강도가 발의한 '삼계교류확대국제법안'의 주요 내용은 마계와 요계, 현 세계 삼계가 상호 교류를 통해서 점차 서로를 알아가고 또 상통하면서 장차 마계와 요계를 현 세계의 일원으로 받아들이자는 것이다.

또한 강도의 연설과 투표는 전 세계에 실시간으로 생중계되고 있어서 수십억 인구가 이 광경을 지켜보고 있다.

투표 결과가 나왔다.

192개 회원국 중에서 찬성 191표, 반대 1표다.

그런데 뜻밖에도 반대표를 던진 나라는 중국이었다.

노스코리아 즉, 북한마저 찬성표를 던진 마당에 공산주의 종주국을 자처하는 중국이 반대표를 던진 것이다.

투표는 192개 회원국 중에서 191표의 압도적인 찬성으로 통과되었다.

반대표를 던진 중국 때문에 새로 투표를 할 수도 없으며, 중국 대표로 참석한 리원창 총리는 주위의 설득에도 반대를 번복할 뜻이 없음을 명확히 했다.

중국 리원창 총리의 반대는 본인의 뜻이 아니라 중국 최고 지도자인 총서기 시지핑의 뜻일 것이다.

투표를 하기 전에 한 시간 정도 휴식 시간이 있었는데 각국 정상들은 그 시간 동안 충분히 자국과 통화하여 의논을 했을 것이다.

강도는 '삼계교류확대국제법안'이 압도적인 그러나 중국 일국의 반대로 통과된 것에 대하여 연설을 하고는 말미에 중국에 경종을 울리는 것을 잊지 않았다.

"앞으로 중국이 마계와 요계로부터 어떠한 위험에 처하더라도 나는 돕지 않겠습니다."

그러자 유엔사무총장이 거들었다.

"반대표를 던진 중국은 유엔의 도움을 거절한 것이나 다름이 없습니다."

중국 리원창 총리의 얼굴이 일그러지는 모습이 전 세계로 중계 방송됐다.

하롬은 뮐드빌라그의 왕위에 올랐다.

그렇지만 그는 한 가지 단서를 달았다.

그는 대한민국을 모델로 하는 민주주의를 뮐드빌라그에 도입할 계획이다.

그리고 그 민주주의를 토대로 해서 자유로운 선거를 통해서 민선 대통령이 선출될 때까지만 자신이 왕위에 있을 것이라는 단서였다.

과연 하롬다운 발상이다.

"펠세그께서 유엔에서 연설하시는 모습을 뵈었습니다."

강도와 하롬은 청평호의 어느 별장에 있었다.

이 별장은 일전에 현천자 구인겸이 강도에게 준 것이다.

오늘 이곳에는 강도네 가족과 하롬네 가족이 처음으로 만나서 소풍 삼아 왔다.

하롬 일족은 푈드빌라그의 왕족이라서 외모가 현 세계 인간과 거의 흡사한 덕분에 어느 누가 보더라도 전혀 이상하게 여기지 않았다.

오히려 사람들은 이들이 북유럽의 어느 월등한 귀족 가문일 거라고 상상할 것이다.

"그랬느냐?"

두 사람은 호숫가의 야외 테이블 앞에 나란히 앉아서 청평 호수를 바라보며 맥주를 마시고 있다.

하롬은 지난번에 강도와 만났을 때 맥주를 처음 마셨는데 지금은 맥주 맛에 흠뻑 빠졌다.

그는 공손히 말했다.

"저는 다 잘될 거라고 믿었습니다."

"그래야지. 내가 누구냐?"

강도가 짐짓 뻐기듯이 말하자 하롬은 아부하듯이 두 손을 모으고 굽실거렸다.

"아이고……! 저 하롬의 자랑스러우신 형님이십니다."

강도가 하롬을 포콜에서 구해내어 푈드푀지텐게르의 왕궁까지 데려다준 이후에 두 사람은 현 세계와 푈드빌라그를 오가면서 가끔 만났었다.

강도는 술을 좋아하고 하롬도 뒤처지는 술꾼이 아니라서 두 사람은 만나면 곧잘 술을 마셨고, 그러다 보니까 취중에 형님 동생 하게 되었다.

예전에 하롬이 강도 앞에서는 그의 얼굴을 감히 쳐다보지도 못했던 것에 비한다면 지금은 정말 격세지감이 느껴질 정도로 두 사람의 관계가 일취월장했다.

강도는 마시던 빈 캔을 내려놓았다.

칵!

하롬은 새 캔 맥주 하나를 따서 두 손으로 공손히 강도에게 내밀면서 말했다.

"그런데 말입니다. 중국이 반대표를 던졌다는 게 좀 께름칙합니다."

"뭐가?"

강도는 알고 있는 게 있지만 일부러 모른 체했다.

하롬은 마시던 캔 맥주를 내려놓고 진지한 표정을 지었다.

"티젠허트 아시죠?"

"알지."

강도는 맥주를 벌컥벌컥 마셨다.

강도가 마계를 상대하면서 제일 처음에 만났던 페헤르외르 데그가 티젠허트였다.

당시 티젠허트는 마계의 첨병으로서 청와대를 장악하여 대통령을 좌지우지하고 있다가 강도하고 결투를 해서 장렬하게 죽었다.

그 당시에 티젠허트는 죽어가면서 자신의 롱소드 이거자드를 강도에게 주고 자신의 영지의 백성들을 죽이지 말아달라는 부탁을 했었고 강도는 그러마고 약속했었다.

"티젠허트의 영지에 중국이 포함됐었습니다."

강도는 고개를 끄떡였다.

"들어서 알고 있다."

호수에 노을이 붉게 물들고 있다.

티젠허트가 지배한 제16영지는 중국을 중심으로 동남아시아와 중앙아시아를 아우르는 지하 세계로 펠드빌라그의 67개 영지 중에서 세 번째로 컸다.

"사실은 티젠허트의 명령을 받은 부하들이 중국의 몇몇 상인하고 암거래를 하고 있었다는 보고를 받은 적이 있었습니다."

강도는 현재의 중국 인민해방군 즉, 정규군이 암암리에 중국 내의 몇 군데 지하를 통해서 필드빌라그에 진입했다는 보고를 근래에 받은 적이 있었다.

그런데 그 이전에 티젠허트가 중국 상인들하고 모종의 암거래를 하고 있었을 줄은 몰랐다.

"처음에 티젠허트의 목적은 현 세계 인간에 대한 여러 정보를 캐내려는 것으로 중국 상인들에게 접근하여 암거래를 튼 것입니다."

갑자기 강도와 하롬 뒤쪽이 요란스러워졌다.

마당에서 바비큐 파티를 한다고 강도네와 하롬네 가족들이 우르르 몰려나온 것이다.

그런데 강도네 가족은 실제로 가족이 아닌 사람이 훨씬 더 많았다.

실제로는 강도와 강주, 엄마, 그리고 유빈과 유빈의 부모 6명이 가족이다.

그런데 거기에 옥령과 음브웨, 얏코, 라이니카, 페네시, 한아람이 가족입네, 하고 가담했다.

그뿐 아니라 염정환 가족까지 합쳐지니까 강도네 가족은 일개 소대가 돼버렸다.

거기에 한 사람이 더 붙었다.

범맹 부맹주인 최정훈이다.

그는 처음 보는 순간부터 옥령에게 반했다면서 요즘에는 죽자 사자 그녀를 따라다녔다.

거기다가 하롬네도 대가족이다. 그런데 남자는 하롬 하나뿐이고 어머니와 누나, 여동생이 무려 9명이다.

하롬보다 한 살 많은 누나가 한 명이고, 8명이 전부 하롬 여동생들이며, 그녀들은 한 명도 시집을 가지 않았다. 하롬은 젊은 가장인 셈이다.

거기에 하롬의 약혼녀 칠러그까지 있으니까 하롬은 11명의 꽃다운 여자들에게 둘러싸여서 살고 있는 것이다.

"티젠허트의 명령으로 중국 상인들과 거래를 한 부하들은 인간들이 흥미를 느낄 수 있는 지하 세계의 몇 가지 물건들을 보여주었고 다행히 그게 먹혔습니다. 아니, 중국 상인들은 그 물건들에 환장했습니다."

"그게 뭐였지?"

하롬은 뒤를 쳐다보고 나서 계속 설명했다.

"다이아몬드하고 금 같은 보석류와 링우다이트라는 특수 연료였습니다. 그런 것들은 푈드빌라그 지하에 무진장 매장되어 있습니다."

"링우다이트가 연료냐?"

"운송 수단인 아차로와 장갑차 허르츠코치, 푈드빌라그 전체의 연료로 사용하고 있습니다. 현 세계로 치면 석유 같은 것이죠."

하롬은 손을 저었다.

"하지만 링우다이트는 태우는 게 아니라서 연기나 매연이 없습니다."

강도는 가볍게 고개를 끄떡였다.

"그랬군."

중국 인민해방군이 중국 내 지하 세계로 진입한 이유를 알게 되었다.

아니, 그뿐만이 아니라 유엔 찬반 투표에서 중국만 유일하게 반대표를 던진 이유도 알게 되었다.

중국은 다이아몬드나 금에도 관심이 있지만 그보다는 필드빌라그 지하에 무진장 매장되어 있다는 링우다이트에 관심이 있는 것이다.

만약 중국이 필드빌라그를 장악하여 링우다이트를 독점한다면 오래지 않아서 미국을 추월하여 세계 유일의 극초강대국이 되는 것은 시간문제일 것이다.

중국의 사활이 걸린 일이니까 중국 총리가 유엔에서 반대표를 던진 것이다.

"그런데 중국이 필드빌라그 16영지에 침입해서 무고한 백성들을 마구잡이로 죽이며 링우다이트를 내놓으라고 협박을 하고 있다는 겁니다."

"그래?"

하롬도 그 사실을 알고 있었다. 하긴, 자기네 나라에서 벌어지는 일을 왜 그가 모르겠는가.

"펠세그, 그걸 어떻게 하면 좋습니까?"

강도는 맥주 캔을 손으로 구겼다.

"네가 그놈에 펠세그 소리만 하지 않는다면 어떻게 할지 가르쳐 주겠다."

하롬은 머리를 긁적였다.

"아… 죄송합니다."

형님 아우 하기로 했으면서도 그놈의 펠세그 소리가 하롬 입에 붙어서 그랬다.

그때 유빈이 칠러그의 손을 잡고 다가왔다.

"여보."

현 세계가 마계, 요계와의 전쟁이 끝난 이후 평화와 행복을 되찾게 되자 유빈은 요즘 하루하루가 너무 행복해서 죽을 지경이다.

강도네와 하롬네에서 공식적인 커플은 강도와 유빈, 그리고 하롬과 칠러그 두 쌍이고, 비공식적인 커플은 옥령과 최정훈으로 분류된다.

그 외에 음브웨와 라이니카, 페네시는 강도와 톰바를 한 사이지만 그 사실은 그녀들밖에 모르고 있다.

말하자면 그녀들은 강도를 주인님으로 모시는 일종의 하녀
이면서 첩 같은 존재들이다.

그리고 중요한 건 그런 사실을 유빈이 일체 모르고 있었다.

하롬이 벌떡 일어나 유빈에게 허리를 굽혔다.

"어서 오십시오, 형수님."

"아유… 일어나지 말아요."

유빈은 손을 젓고는 강도의 어깨에 손을 얹었다.

"두 분 얘기 아직 멀었어요?"

"왜?"

강도는 유빈의 가느다란 허리에 팔을 두르고서 미소를 지으
며 물었다.

유빈은 입술을 강도 뺨에 대고 속삭이듯 말했다.

"곧 식사할 거예요."

"알았어."

하롬이 그걸 보고 부럽다는 표정을 지으며 점잖게 칠러그
에게 요구했다.

"칠러그도 형수님 저렇게 싹싹한 것 좀 배워. 형님이 아주
좋아하시잖아."

칠러그는 얼굴이 빨개져서 하롬에게 따졌다.

"거즈더우람께 형님이라니, 당신이 감히 그럴 수 있어요?"

강도는 빙그레 미소 지었다.

"나는 괜찮습니다, 제수씨."

"아아… 거즈더우람, 어찌 저한테까지 그러십니까?"

칠러그는 강도가 자신을 제수씨로 대하는 것이 못내 섭섭한 모양이다.

두 여자가 물러가고 난 다음에 강도와 하롬의 대화가 다시 이어졌다.

"형님, 중국을 어떻게 해야 하는지 가르쳐 주십시오. 이대로 놔두면 안 되겠습니다."

강도는 팔짱을 끼고 노을이 붉게 내려앉은 호수를 지그시 바라보았다.

"네 마음대로 해라."

하롬은 의아한 표정을 지었다.

"네?"

"중국이 반대표를 던진 거 잊었니?"

"그건……."

"그리고 유엔에서 반대표를 던진 중국 총리에게 내가 했던 말 잊은 거냐?"

"아닙니다. 똑똑히 기억하고 있습니다."

강도는 중국이 반대표를 던졌을 때 '앞으로 중국이 마계와 요계로부터 어떠한 위험에 처하더라도 나는 돕지 않겠습니다'라고 말했었다.

그러니까 유엔사무총장도 한마디 거들었었다.

"반대표를 던진 중국은 유엔의 도움을 거절한 것이나 다름이 없습니다."

하롬은 눈을 빛냈다.

"그렇다면……."

강도는 빙긋 웃었다.

"너희 필드엠베르들이 공식적으로 현 세계에서 살 수 있는 나라가 생기는 것이다."

하롬은 벌떡 일어섰다.

"정말입니까?"

"이놈아, 내가 너한테 농담하겠니?"

"그렇지만 중국은 현 세계의 국가 중에 하나인데……."

"하롬아."

강도가 점잖게 부르자 하롬은 일어선 채 공손히 두 손을 앞에 모았다.

"네, 형님."

"현 세계에는 수백 개의 국가가 있는데 그들을 셋으로 나눌 수가 있다."

"그게 뭡니까?"

"좋은 나라, 중간 나라, 나쁜 나라다."

"아……."

"중국은 어떤 나라 같으냐?"

"중국은……."

"대답하지 않아도 된다."

"……."

그때 유빈이 식사 준비가 다 됐다고 불렀다.

강도는 일어나서 하롬의 어깨를 툭 쳤다.

"밥 먹으러 가자."

하롬은 신바람이 났다.

"네! 형님!"

[음브웨야, 가자.]

유빈과 자다가 침대에서 내려온 강도는 옷을 입고 나서 옆
방의 음브웨에게 전음을 보냈다.

음브웨는 조금 뜸을 들이다가 대답했다.

[저 화장실에 있어요. 준비 다 됐어요.]

강도는 이번에는 음브웨를 데리고 페르다우에 가기로 했으
며 그녀에게는 미리 말해두었다.

별다른 이유는 없고 지난번에 라이니카였으니까 이번에는
음브웨를 데려가려는 것이다.

강도는 화장실에 있는 음브웨를 자신의 몸속에 집어넣고는
그 즉시 중랑천에 있는 페르다우 차원 통로로 가서 공간 이동

을 했다.

스으⋯⋯.

차원 통로를 열고 페르다우로 들어간 강도는 차원 통로를
닫고 북서쪽을 향해 날아갔다.

"음브웨야, 샤하쿠카이가 없는 지금 누가 페르다우를 지배
하고 있을 것 같으냐?"

"⋯⋯."

그런데 음브웨가 대답이 없다.

"음브웨야."

강도는 다시 한 번 그녀를 불렀다.

마계 필드빌라그를 정리했으니까 이번에는 요계 페르다우
를 손볼 차례다.

페르다우는 위험 요소가 없으므로 그저 강도가 가서 교통
정리만 해주면 될 것이다.

그런데 안내 역할을 할 음브웨가 벙어리다.

"아⋯ 아파요⋯⋯."

갑자기 들려온 죽어가는 목소리에 강도는 날아가던 것을
뚝 멈추었다.

"너⋯ 얏코 아니냐?"

"네⋯ 오빠."

강도는 자신의 몸속에서 톰바를 하고 있는 얏코의 머리를

재빨리 스캔하고는 어떻게 된 일인지 알았다.

간단한 얘기다. 음브웨가 강도하고 톰바를 했다고 자랑을 하니까 얏코가 자기도 하게 해달라면서 눈물로 통사정을 한 것이다.

"이것들이……."

그런데 방귀 뀐 놈이 성낸다고 어이없게도 얏코가 도리어 큰소리를 쳤다.

"오빠, 음브웨 언니랑 라이니카하고는 톰바하면서 왜 저하고는 안 해요?"

"너 그걸 말이라고 하니?"

"왜요?"

"걔네들하고는 어쩔 수 없는 상황이었잖아."

"어떤 상황이었는데요?"

"그게……."

얏코는 강도 머리 꼭대기에 앉아 있었다.

"지금 이런 상황이었나 보죠?"

"너……."

강도는 말문이 막혔다.

어쨌든 얏코 말이 맞다. 음브웨와 라이니카에 대해서 이런 저런 변명을 한다고 해도 지금 이런 상황하고 비슷해서 어쩔 수 없이 톰바를 했다는 말에는 반박의 여지가 없다.

강도는 다시 날아가면서 화제를 바꿨다.

"얏코야, 조금 전에 내가 물은 말에 대답해라."

그가 다시 움직이자 얏코는 하체가 찢어지는 아픔 때문에 신음 소리를 냈다.

"아아… 아프다니까요……."

사실 그녀는 톰바가 이렇게 아픈 줄 몰랐었기 때문에 언니 음브웨하고 바꿔치기한 것을 몹시 후회하고 있는 중이었다.

강도는 페르다우의 몇 군데 마을에 들러서 여러 와다무로 변신하며 현재 페르다우에 대한 정보를 수집했다.

얏코는 페르다우에 샤하쿠카이가 없으면 두 번째 실력자인 쿠카이 키풍구(Kipungu)가 대족장이 될 거라고 말했지만 실제로는 전혀 다른 쿠카이인 챠투(Chatu)가 대족장이 됐다는 것이다.

그리고 새로운 대족장 챠투는 예전에 뭄바와 주이가 살던 성전 카스리에서 살고 있다고 했다.

또한 페르다우 각 부족에 떠도는 소문에 의하면 대족장 챠투는 예전 뭄바가 보여주었던 신적인 놀라운 능력을 그대로 발휘한다는 것이다.

거기까지 듣고 강도는 단정했다.

뭄바, 아니, 파라마누의 능력 에찌가 살아남아서 챠투에게 들어갔다고 말이다.

일루미나티의 우두머리격인 말라이카가 능력 에찌를 페르다우에 혼자 남겨두고 어째서 자기 혼자만 샤하쿠카이와 함께 현 세계 광화문에 마계의 마쇼디크를 만나러 갔는지는 모를 일이다.

어쨌든 페르다우에 에찌가 있는 것은 분명하다.

강도는 페르다우를 처리하러 왔다가 전혀 예상하지 않았던 상황에 직면했다.

페르다우를 처리하기에 앞서 에찌를 없애야만 한다.

페르다우 내에서는 공간 이동이 되지 않기 때문에 강도는 5시간이 걸려서 음보보 호수에 도착했다.

그는 며칠 전에 주아를 만나러 이곳에 온 적이 있었기 때문에 이곳에 찾아오는 것이나 카스리에 잠입하는 것은 어렵지 않았다.

그런데 어떻게 된 일인지 카스리에는 단 한 명의 남자도 보이지 않았다.

보이는 건 모조리 여자들뿐인데 수백 명이 카스리 안에 득실거렸다.

카스리에 있는 와다무 여자들은 전부 요계 3위 우쭈리와 4위 말라칼 두 종류뿐이었다.

강도는 지난번처럼 카스리 밖을 경비하는 총책임자 바우만으로 변신하고서 태연하게 성안으로 잠입했는데, 그의 눈앞에서 우글거리는 것이 전부 우쭈리와 말라칼뿐이라서 일순 당황했다.

게다가 지나가는 우쭈리와 말라칼들이 유일한 남자인 강도만 쳐다보고 있었다.

그때 얏코가 말해주었다.

"소문에는요. 챠투쿠카이가 색마랬어요."

"뭐?"

"그자는 허구한 날 톰바만 한댔어요."

"얏코, 너는 그걸 왜 이제야 얘기하는 거니?"

강도는 얏코를 꾸짖고는 우쭈리와 말라칼들이 보고 있는데서 재빨리 우쭈리로 변신했다.

"앗!"

얏코의 비명 소리와 함께 그 자리에 우쭈리 한 명과 얏코가 나란히 나타났다.

강도는 얏코가 자신의 몸 밖으로 나갔다는 사실에 움찔 놀랐으나 곧 그 이유를 깨달았다.

"이런……."

강도가 남자일 때는 얏코가 톰바를 하면서 그의 몸속에 머무를 수 있지만 강도가 여자인 우쭈리로 변신을 해버리면 같

은 여자끼리는 톰바를 할 수 없으니까 얏코가 몸 밖으로 밀려
나간 것이다.

"아아… 이게 뭐예요?"

얏코는 벌거벗은 채 어리둥절했다.

더구나 얏코는 완전한 인간 여자의 모습을 하고 있으므로
그녀를 본 우쭈리와 말라칼들은 크게 놀랐다.

그녀들이 소란을 피우기 전에 강도는 주위에 있는 우쭈리
와 말라칼들의 정신을 모두 제압해 버렸다.

그러고는 한 우쭈리에게 챠투쿠카이가 어디에 있는지 알아
내고는 얏코의 손을 잡고 그곳으로 쏘아갔다.

"나 어떻게 해요?"

복도의 모퉁이에서 얏코가 벌거벗은 몸을 비비 꼬면서 우
는 시늉을 했다.

챠투쿠카이가 있는 곳으로 가는 도중 한적한 곳에 이르러
서 강도가 잠시 멈추자 벌거벗은 얏코가 발을 동동 구르고 있
었다.

그녀는 두 팔로 자신의 가슴과 소중한 부위를 가리며 눈을
흘겼다.

"이대로 다녀요?"

강도는 챠투쿠카이가 있다는 문 쪽을 쳐다보았다. 거기에

는 우쭈리 한 명이 입구를 지키고 서 있었다.

강도는 자기 본래의 모습으로 환원하면서 얏코를 몸속에 집어넣었다.

"아으……."

다시 톰바를 하게 된 얏코는 자지러지는 소리를 냈다.

강도는 문 앞을 지키는 우쭈리의 정신을 제압하고 거침없이 안으로 들어갔다.

문을 열지 않고 그대로 통과해 버렸다.

그는 에찌가 챠투쿠카이에게 접신해 있다고 해도 전혀 개의치 않았다.

두뇌가 없는 에찌 정도는 충분히 제압할 수 있다고 믿기 때문이다.

"아아……."

그런데 실내에는 강도로서 전혀 예상하지 않았던 장면이 벌어지고 있는 중이었다.

20일 전까지만 해도 주아의 침실이었던 이곳은 지금 두 눈을 뜨고는 보기 어려울 정도로 타락의 장소가 되어 있었다.

예전에 주아가 앉아 있던 커다란 침대에 알몸의 남녀들이 뒤엉켜서 섹스를 하고 있었다.

물론 요족 와다무들이다.

"아아……."

강도 몸속에서 톰바를 하고 있는 얏코는 그 광경을 보고 혼이 달아날 정도로 놀랐다.

"저 사람이 챠투쿠카이인가 봐요……."

강도는 천천히 침대로 걸어갔다.

그런데도 챠투쿠카이는 강도의 존재를 모르는지 섹스, 아니, 톰바에만 열중하고 있다.

침대에는 알몸의 챠투쿠카이와 다섯 명의 우쭈리, 말라칼이 역시 벌거벗은 몸으로 톰바를 하고 있다.

그런데 톰바를 하면 여자가 남자 몸속으로 들어가는 것으로 아는데 다섯 명의 우쭈리와 말라칼들은 현 세계 인간들처럼 실제 섹스를 하고 있었다.

챠투쿠카이는 한 명의 우쭈리를 개처럼 무릎을 꿇게 하고 뒤에서 공격하고 있으며, 다른 여자들은 챠투쿠카이의 온몸을 만지며 핥아대고 있었다.

정말이지 난잡하기 짝이 없는 광경이다.

사실 와다무의 톰바는 여자가 남자 몸속에 3명까지만 들어갈 수 있다.

그러니까 지금 챠투쿠카이는 자신의 몸속에 여자 3명을 집어넣고 톰바를 하는 상태에서 또 다른 여자하고 섹스를 하고 있었다.

강도는 챠투쿠카이가 색마라는 말을 얏코에게 들었지만 이건 해도 너무 하는 것 같았다.

강도는 더 이상 볼 것 없이 오른손에 초절신강과 포르차를 함께 모아 챠투쿠카이 등짝에 갈겼다.

뿌악!

비명 같은 것도 없었다.

우쭈리와 결합하고 있던 챠투쿠카이는 일장을 맞는 즉시 온몸이 분해되어 사라졌다.

파아아…….

그러고는 그의 몸속에 있던 벌거벗은 우쭈리와 말라칼 3명이 허공으로 퉁겨졌다.

그런데 챠투쿠카이에게는 에찌가 없었다. 있었다면 이처럼 간단하게 몸이 분해되지는 않았을 것이다.

침대에 있던 5명과 방금 챠투쿠카이 몸속에서 나온 3명 도합 8명의 벌거벗은 여자는 강도를 바라보며 기겁한 표정을 짓고 있다.

그런데 강도는 그녀들 중에 한 명, 조금 전에 챠투쿠카이에게 엉덩이를 내주고 섹스를 했던 우쭈리에게 시선을 고정시켰다.

"에찌."

그녀의 눈빛이 다른 여자들하고 다르기 때문에 그녀에게

에찌가 들어갔다고 판단했다.

강도가 주시하고 있는 우쭈리가 벌거벗은 몸으로 천천히 침대에서 내려오는데 그녀 역시 강도에게서 시선을 떼지 않고 새빨간 입술을 나풀거렸다.

"너는 누구지?"

만약 말라이카가 있었다면 강도를 보는 순간 누군지 즉시 알아차렸을 것이다.

강도는 에찌를 억압할 필요가 있다고 생각했다.

"디오를 못 알아보는 것이냐, 에찌?"

순간 우쭈리 얼굴에 놀라움이 가득 떠올랐다.

강도는 에찌를 더 놀라게 만들었다.

"에찌, 말라이카는 사라졌다."

"......"

"이슈텐도 없어졌고 파라마누와 주아는 내 편이 됐다. 알고 있겠지? 파라마누가 내 아내이고 주아가 내 딸이라는 사실을 말이다."

에찌가 능력이라고 해도 기초적인 정신은 갖고 있다.

강도는 삼계를 통틀어서 신은 강도 즉, 디오뿐이고 에찌는 외톨이가 됐다는 점을 강조했다.

"말라이카를 기다리고 있었느냐? 하지만 아무리 기다려도 말라이카는 오지 않는다."

"으, 으……."

에찌가 들어 있는 우쭈리가 신음 소리를 냈다.

그때 강도의 스피리토가 어떤 사실을 일깨워 주었다.

에찌를 처리하는 데는 두 가지 방법이 있다는 것이다.

하나는 분해하는 것이고, 또 하나는 강도의 것으로 흡수하여 포르차와 합치는 것이다.

그리고 스피리토는 그렇게 하는 방법을 알고 있다.

하지만 하나의 단서가 있다.

저 우쭈리에게 말라이카가 없어야만 한다는 사실이다. 만약 에찌가 말라이카하고 같이 있다면 조금 껄끄러운 상황이 발생할 수도 있다.

에찌를 분해한다면 별문제가 없지만 강도의 것으로 흡수하려 들면 말라이카가 흡수되어 강도의 정신을 장악할 수도 있다는 것이다.

강도는 말라이카가 샤하쿠카이하고 같이 있다가 모크샤로 빨려갔다고 확신한다.

그렇지만 문제는 강도에게 욕심이 없다는 것이다. 그는 에찌를 흡수할 생각이 추호도 없었다.

강도의 그런 생각에 스피리토가 은근히 기뻐하는 것 같았다.

강도는 우쭈리를 보며 조용히 말했다.

"에찌, 너는 왔던 곳으로 돌아가는 것이 좋겠다."

"거기가 어디지?"

"자연."

"거기가 내 고향인가?"

"그래."

강도는 에찌와 대화를 하면서도 말라이카가 같이 있을지도 모른다는 일말의 우려를 접지 않았다.

말라이카는 교활한 놈이다. 그건 강도가 직접 겪어봐서 잘 알고 있다.

"에찌, 고향으로 갈 테냐?"

"나는……."

강도의 물음에 에찌는 머뭇거렸다.

그때 스피리토는 에찌가 우쭈리에게서 빠져나가는 것을 감지했다.

'말라이카가 있다.'

강도는 말라이카가 에찌와 같이 있음을 직감했다. 에찌 혼자서는 지금 같은 신속한 반응을 보일 수가 없다.

강도와 스피리토는 동시에 한 가지 생각을 했다.

'말라이카를 알고 있다는 것을 눈치채게 하면 안 된다.'

강도가 에찌 혼자만 있는 것으로 알고 있는 것처럼 보여야 한다는 얘기다.

그래야지만 교활한 말라이카를 잡을 수가 있을 것이다.

강도는 여기저기 쓰러져 있거나 침대에 어정쩡한 자세로 있는 여자들을 파리를 쫓듯이 밖으로 내몰았다.

"모두 나가라. 어서!"

그러면서 그는 실내에 천라지망을 펼쳤다. 눈에 보이지도 느껴지지도 않는 투명한 그물이지만 그것이 말라이카와 에찌를 붙잡아서 분해할 것이다.

천라지망은 포르차와 젠이 구성하고 있다.

포르차만으로는 말라이카와 에찌를 잡을 수 없지만 젠까지 가세했기 때문에 너끈히 잡아서 해체할 수 있다는 것이 스피리토의 계산이다.

자연에서 원소를 뽑아 말라이카와 에찌를 만들어낸 것이 바로 젠이기 때문이다.

강도는 바닥에 넓게 깐 천라지망을 아주 조금씩 사방 벽으로 느리게 끌어 올렸다.

"에찌, 고향으로 돌아가서 편히 쉬어라."

그는 에찌가 들어가 있었던 우쭈리에게 진심 어린 표정을 지으며 말했다.

"이리 와라, 에찌."

그는 자신이 아직도 우쭈리에게 에찌가 있으며, 그래서 그녀에게 전념하고 있는 것처럼 보이게 했다.

"이제 다 끝났다."

그때 강도는 뒤쪽에서 엄청난 위력의 공격이 자신을 향해 쇄도하는 것을 감지했다.

'통과시킨다.'

그는 흠칫 놀랐으나 빠르게 냉정을 찾았다.

배후에서의 공격을 몰랐으면 고스란히 당하는데 미리 알았다면 그것을 통과시킬 수도 있다.

하지만 그것은 모험이다. 공격을 정통으로 당하면서 그것을 통과시키는 최고급 스킬을 발휘하지 못한다면 치명상을 당하거나 즉사할 수도 있다.

찰나의 순간 강도는 고민했다.

강도가 이대로 가만히 있으면 말라이카가 의심할지도 모른다. 그래서 공격을 거두고 숨어버릴 수도 있다. 그러면 아주 골치 아파진다.

강도, 아니, 디오가 이 정도 암습을 알아차리지 못할 리가 없기 때문이다.

그러니까 최소한 암습을 눈치채고 급히 돌아서는 시늉이라도 하는 게 좋다.

강도는 재빨리 돌아서면서 반격을 가할 것 같은 자세를 취했다.

후우우…….

강도는 서늘한 바람이 자신의 왼쪽 옆구리로 들어와서 오른쪽 어깨로 빠져나가는 것을 느꼈다.

말라이카와 에찌의 공격이 통과한 것이다.

그 순간 그는 천라지망을 힘껏 잡아당겼다.

파아앗!

그러고는 그 끝을 힘주어 움켜잡았다.

그런데 천라지망에 아무런 느낌이 없다. 에찌가 갇혔다면 요동칠 텐데 의외로 잠잠하다.

강도는 말라이카와 에찌를 잡는 것을 실패했다고 생각했다.

그러면서 말라이카의 두 번째 공격에 대비했다.

투둑······.

그때 천라지망의 주둥이를 잡고 있는 강도의 오른손이 가볍게 흔들렸다.

그것은 마치 강물에 투망을 던져서 물고기를 잡았을 때의 느낌과 비슷했다.

'걸렸다!'

강도는 천라지망에 말라이카와 에찌가 걸렸다고 판단했다.

'좁힌다.'

그는 천라지망을 좁히기 시작했다. 물론 손으로 하는 게 아니고 생각만으로 천라지망이 좁혀진다.

천라지망을 최소한으로 좁혔다가 한 점(點)으로 만들어 그

점마저도 없애 버리면 말라이카와 에찌는 소멸하여 영원히 사라지게 될 것이다.

강도가 천라지망을 좁히자 그물 속에서 보이지 않는 무엇인가가 더욱 세차게 요동쳤다.

"아아… 저의 영원한 파드로네(Padrone:주인)이시며 전지전능하신 디오(Dio:조물주)이시어……! 저를 가련하게 여기시어 제발 노여움을 거두십시오……!"

그러면서 말라이카의 다급한 외침이 터져 나왔다.

예전에 강도는 말라이카가 수노 행세를 할 때 그가 자신을 파드로네라고 부르면서 회유하려고 했던 사실을 지금도 기억하고 있다.

강도는 천라지망을 계속 좁히면서 말했다.

"말라이카, 나는 디오가 아니라 이강도다."

"그… 게 무슨 말씀이십니까?"

"디오와 파라마누, 주아, 이슈텐은 헤이든으로 갔다. 이제 지구에는 너만 남았다."

"아……."

강도의 입가에 잔잔한 미소가 머금어졌다.

"너와 에찌가 사라지면 지구상에는 헤이든인이 남긴 흔적은 깡그리 사라지는 거다."

"자, 잠깐만 기다리십시오! 디오!"

말라이카가 다급하게 외쳤다.

강도가 대답하지 않고 계속 천라지망을 좁히자 말라이카는 미친 듯이 요동치면서 절규했다.

"아앗! 제발 고정하십시오! 디오! 이강도 님! 이러지 마십시오! 나는 사라지기 싫습니다!"

푸드드드… 파다다닥!

말라이카와 에찌는 미친 듯이 요동쳤지만 천라지망 안에서는 어쩔 수가 없다.

"으아아! 아아아……."

천라지망이 좁혀져서 한 점이 됐다가 그마저도 사라져 버리자 말라이카와 에찌는 분해되어 소멸되었다.

강도는 실내에 젠을 파도처럼 뿜어내어 스캔했다. 만약 말라이카나 에찌의 흔적이 남아 있다면 젠의 스캔에 걸려들 것이다.

그러나 말라이카와 에찌의 흔적은 전혀 검출되지 않았다.

강도는 페르다우의 명망 높은 키풍구쿠카이의 집무실 문을 열고 들어갔다.

그가 바우만의 모습을 하고 있었기 때문에 키풍구쿠카이는 담담한 표정으로 그를 쳐다보았다.

"무슨 일인가?"

처음 보는 바우만인데도 키풍구쿠카이는 태연했다.

강도는 키풍구쿠카이를 지나쳐서 활짝 열려 있는 창문 앞에 서서 밖을 내다보았다.

"이대로라면 와다무들이 페르다우에서 얼마나 더 살 수 있겠느냐?"

책상 앞에 앉아서 뭔가를 쓰고 있던 키풍구쿠카이는 뚝 동작을 멈추고 강도를 쳐다보았다.

"무슨 소린가?"

"페르다우는 총체적인 식량난에 처해 있는데 앞으로 얼마나 더 버틸 것 같으냐는 말이다."

"……."

"100년 안에 와다무 절반이 굶어죽겠지."

키풍구쿠카이는 자리에서 일어났다.

"너는 누구냐?"

강도는 대답하지 않고 키풍구쿠카이를 쳐다보았다.

"내가 현 세계로 통하는 차원 통로를 열어주면 너는 제일 먼저 무엇을 하겠느냐?"

키풍구쿠카이의 얼굴에 놀라움이 떠올랐다.

"너는 바우만이 아니구나……!"

"내 질문에 대답해라."

"나는……."

키풍구쿠카이는 부지중에 바짝 긴장했다.

"디오 사이디를 뵙고 할 말이 있소."

요족 와다무인 그는 디오에게 주인님이라는 뜻의 '사이디'라는 칭호를 썼다.

강도는 고개를 끄떡였다.

"말해라."

"무슨 말을……."

"방금 나를 만나서 할 말이 있다고 하지 않았느냐?"

"아……."

키풍구쿠카이는 눈을 부릅뜨고 몸을 부들부들 떨며 강도를 바라보았다.

강도가 바우만의 모습을 하고 있지만 키풍구쿠카이는 그가 절대로 바우만이 아닐 거라고 확신했다.

"디오 사이디입니까?"

"너는 쓸데없는 말이 많구나."

강도는 천천히 키풍구쿠카이를 향해 돌아서는데 바우만이었던 그가 본래 모습으로 돌아갔다.

"아아……."

키풍구쿠카이는 한 번도 디오를 본 적이 없지만 눈앞에 서 있는 현 세계 인간이 디오라고 굳게 믿었다.

그의 두 다리가 부들부들 떨리더니 무릎이 꺾이고 그 자리에 엎드렸다.

"디오 사이디……."

강도는 잔잔한 목소리로 말했다.

"자, 이제 너는 말해라."

"저는……."

키풍구쿠카이는 이마를 바닥에서 떼지도 못하고 벌벌 떨면서 겨우 말했다.

"디오 사이디께 우리 와다무들을 구해달라고 빌고 싶습니다. 부디 자비를 베풀어주십시오……!"

"현 세계와 푈드빌라그하고 잘 지낼 수 있느냐?"

"그러겠습니다……."

강도는 나직한 한숨을 토했다.

"휴우… 내 아내 뭄바가 아니었으면 나는 와다무들을 거들떠보지도 않았을 것이다."

그는 필요에 의해서 뭄바를 조금 팔았다.

"키풍구."

"말씀하십시오… 디오 사이디……!"

강도는 납작하게 엎드린 키풍구쿠카이를 굽어보았다.

"너를 대족장에 임명하겠다."

키풍구쿠카이는 깜짝 놀라 강도를 우러러보았다.

"챠투쿠카이가 대족장인 것으로 알고 있습니다만……."

"그놈은 내 손에 죽었다."

"아……."

"대족장이 되어 페르다우를 이끌겠느냐?"

키풍구쿠카이는 얼굴을 바닥에 묻었다.

"디오 사이디의 명령을 받들겠습니다."

강도는 앞으로 키풍구쿠카이가 해야 할 일에 대해서 그의 뇌리에 심어준 후에 페르다우를 떠나면서 현 세계로 통하는 차원 통로 하나를 열어놓았다.

TV에서는 푈드빌라그와 중국이 벌이고 있는 전쟁에 대해서 연일 대대적으로 보도했다.

중국은 세계 2위의 군사 강국이며 첨단 무기들을 수두룩하게 보유하고 있지만 푈드빌라그와의 전쟁에는 하나도 제대로 써먹지 못했다.

중국의 핵무기나 원자력 핵잠수함, 항공모함과 최첨단 구축함 같은 것들은 지하 세계에서는 하나도 써먹을 수가 없는 고철에 불과했다.

반면에 푈드빌라그는 베이징과 상하이 등 몇 개의 대도시에 대지진을 일으키고 인구가 밀집한 도시 근처의 야산에서 화산을 폭발시켜서 중국 전역을 아비규환에 빠뜨렸다.

그러고는 중국 도처 땅속 수천 곳에서 장갑차를 몰고 쏟아져 나와 닥치는 대로 인민해방군을 짓밟았다.

용감무쌍한 인민해방군이지만 귀신처럼 여기저기에서 번쩍
거리면서 출몰하여 태풍처럼 휩쓰는 쾰드빌라그의 마군에는
속수무책으로 당할 수밖에 없었다.

쾰드빌라그와의 전쟁에서 나날이 전세가 기울고 있는 중국
에 대한 세계 각국의 반응은 냉담했다.

뿌린 대로 거둔다는 말이 있다. 지난 세월 동안 중국은 전
세계 곳곳에 적을 많이 만들어놨었다.

중국과 인접한 국가들이나 멀리 떨어져 있는 국가들 중에
서 중국을 돕겠다고 나서는 나라는 아프리카의 우간다 한 나
라에 불과했다.

오히려 그동안 강대국입네 으스대는 중국에게 온갖 박해와
괴롭힘을 당해온 주변 약소국들은 박수를 치면서 쾰드빌라그
의 편을 들어주었다.

21세기를 살고 있는 현재에 어떻게 중국 같은 큰 나라가 무
너져 가는 모습을 보면서도 전 세계가 이토록 냉담할 수 있는
가 하고 많은 사람이 의문을 가졌다.

하지만 의문은 곧 풀렸고 그 이유가 무엇인지 알고 나서 전
세계는 오싹한 충격에 사로잡혔다.

지난 세월 동안 중국이 일말의 동정할 가치조차 없을 정도

로 형편없이 살았던 것이다.

물론 중국인 개개인이 그런 것은 아니다.

이것은 중화인민공화국이 전 세계에 행해온 것에 대한 성적표일 뿐이다.

하롬이 강도에게 의논할 것이 있다면서 찾아왔다.

"어떻게 하면 좋겠습니까?"

중국을 거의 다 무너뜨린 하롬은 기쁘지만은 않은 표정을 지으며 물었다.

강도는 하롬이 왜 자신을 찾아왔는지 짐작하지만 잠자코 그의 말을 들었다.

"우리가 정말로 중국을 차지해도 되는 겁니까?"

강도는 고개를 끄떡였다.

"그래도 된다."

하롬은 강도의 진의를 알고 싶어서 그를 빤히 주시했다.

"단 중국공산당체제를 무너뜨리고 묄드빌라그와 중국이 함께 민주주의 정부를 세워라."

강도의 차분한 말에 하롬은 눈을 깜빡거렸다. 하롬은 공산당이 무언지 모르고 있다.

"중국은 넓고 인구가 많다. 그들은 수십 개 크고 작은 민족들이 모여서 살아가고 있다. 그러니 너희 묄드엠베르도 거기에 섞여서 살아갈 수 있을 것이다."

"아……."

"처음에는 소수로 시작해라. 그리고 뙬드엠베르 모습을 현 세계 인간 모습으로 바꾸는 것을 잊지 않도록."

"형님께서 해주실 거죠?"

강도는 선선히 고개를 끄떡였다.

"알았다."

강도는 경상남도 남해군이라는 섬에 안주하기로 결정을 내렸다.

두 개의 커다란 섬으로 이루어진 남해군에서도 가장 남쪽 바다에 있는 리조트를 매입했다.

남해에는 음브웨, 얏코 자매의 겡게우찌와족과 라이니카의 춤비족이 먼저 와서 자리를 잡고 있었으므로 강도의 남해 정착을 쌍수를 들어 환영했다.

강도는 그곳에서 100실 규모의 리조트를 운영하면서 조용히 살고 싶다.

리조트 앞에는 전용 부두가 있으며 그곳에 어선과 보트, 요트가 각 한 대씩 정박해 있다.

강도는 오늘 아침에 보트를 타고 낚시를 나갈 계획인데 그에 앞서 리조트 일 층에 새로 오픈한 만두집 '신후'에 앉아서 TV를 보고 있었다.

그가 앉은 테이블에는 방금 쪄낸 뜨끈뜨끈한 만두가 수북하게 쌓여 있었다.

"어서 들어요."

"응."

강도는 옆에 앉은 유빈이 집어주는 만두를 받아먹으면서도 시선은 TV에 고정되어 있다.

지금 TV에서는 중국에 새로운 민주주의 정부가 수립되었다면서 아나운서가 열띤 목소리로 떠들어대고 있다.

그러고는 중국 민주주의 정부 수립에 지대한 공을 세웠다는 누군가의 연설이 이어졌다.

강도는 연설을 듣다 말고 만두를 하나 더 집어서 입에 넣고는 자리에서 일어나 밖으로 나갔다.

그의 입가에 웃음이 번졌다.

"하롬 저 녀석이 중국어는 언제 배웠지?"

그는 입구에서 대기하고 있는 염정환을 손짓으로 불렀다.

"염정환, 가자."

"넵!"

강도와 염정환이 부두를 향해서 걸어가는데, 갑자기 리조트 여기저기에서 여자들이 쏟아져 나오며 소리쳤다.

"우리도 갈래요!"

"같이 가요, 사이다!"

강도와 염정환, 그리고 여자들을 태운 보트가 남해 바다의
흰 포말을 일으키면서 수평선으로 달려갔다.

『갓오브솔저』 완결

초대형 24시 만화방

신간 100%, 샤워실, 흡연실, 수면실(침대석), 커플석, 세탁기 완비

■ 시흥 정왕25시점 ■

경기 시흥시 정왕동 1742-13 미스터피자 건물 5층
031) 319-5629

■ 강북 노원역점 ■

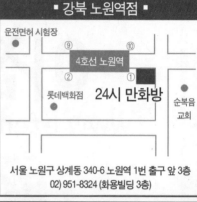

서울 노원구 상계동 340-6 노원역 1번 출구 앞 3층
02) 951-8324 (화용빌딩 3층)

■ 일산 정발산역점 ■

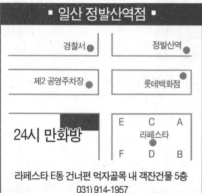

라페스타 E동 건너편 먹자골목 내 객잔건물 5층
031) 914-1957

■ 일산 화정역점 ■

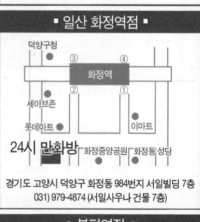

경기도 고양시 덕양구 화정동 984번지 서일빌딩 7층
031) 979-4874 (서일사우나 건물 7층)

■ 부천 역곡역점 ■

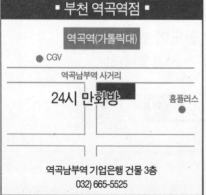

역곡남부역 기업은행 건물 3층
032) 665-5525

■ 부평역점 ■

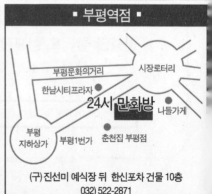

(구) 진선미 예식장 뒤 한신포차 건물 10층
032) 522-2871

이계진입 리로디드

임경배 퓨전 판타지 소설

FUSION FANTASTIC STORY

『권왕전생』임경배의 2015년 신작!

『이계진입 리로디드』

왕의 심장이 불타 사라질 때,
현세의 운명을 초월한 존재가 이 땅에 강림하리라!

폭군으로부터 이세계를 구원한 지구인 소년 성시한.
부와 명예, 아름다운 연인…
해피엔딩으로 이야기는 끝인 줄 알았건만
그 대가는 지구로의 무참한 추방이었다.
그리고 10년 후…….

"내가 돌아왔다! 이 개자식들아!"

한 번 세상을 구한 영웅의 이계 '재' 진입 이야기!

Book Publishing CHUNGEORAM

유행이 아닌 자유추구
WWW. chungeoram.com

아우스

마도 시대의 시작

FUSION FANTASTIC STORY

강준현 장편소설

여덟 번의 죽음을 겪었고, 아홉 번의 삶을 살았다.
그리고 열 번째,
난 노예 소년 아우스로 환생했다.

푸줏간집 아들, 고아, 불량배, 서커스단원, 남작의 시동 등…
아홉 번의 삶을 산 나는 참으로 운이 없었다.

나는 더 이상 과거의 내가 아니다!
내가 꿈꾸던 새로운 삶을 살 것이다!

Book Publishing CHUNGEORAM

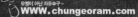
유행이 아닌 자유추구-
WWW.chungeoram.com

SOKIN 장편소설

FUSION FANTASTIC STORY

2016년 장르 문학 사이트 연재 1위!

『코더 이용호』

이류 대학 컴퓨터과학부 출신 취준생 이용호.
어느 날, 그의 머리 위로 번개가 떨어졌다!

정신을 차린 그의 눈앞에는, '버그 창'이 있었다.

"모든 해결책이… 보여!!"

누구보다 빠르고 정확하게.
톱 코더의 능력을 가진 남자.

야생의 대한민국 IT 업계를 정복하고
세계 정상에 서리라!

전생부터 다시

FUSION FANTASTIC STORY

홍성은 장편소설

죽음으로 모든 걸 끝내고 싶지 않아
인간으로 환생하게 된 대마법사, 로렌 하트.

그러나 알 수 없는 괴물의 등장으로 인해 인류가 멸망해 버리고
홀로 살아남은 그는
고독과 외로움에 다시 한 번 더 환생을 결심하는데……

하지만 현생을 반복하는 것만으로는 의미가 없다.
시간을 되돌려 대마법사가 되기 전의 시절로 되돌아갈 것이다!

대마법사 로렌 하트, 전생부터 다시 시작한다!

Book Publishing CHUNGEORAM